致青春 095

錯撩

（中）

翹搖　著

高寶書版集團

目錄
CONTENTS

第十三章　我想睡了你

鄭書意：『然後妳猜他說什麼？』
畢若珊：『嗯？什麼？捨不得讓妳一個人吃火鍋？』
鄭書意：『他說捨不得讓我進精神病院：）。』
鄭書意：『當時他還盯著我說了句「奧斯卡遺珠」！』
鄭書意：『妳聽聽！這說的是人話嗎？』
畢若珊：『臭男人，嘴硬。』
畢若珊：『誰會捨得丟下我們人類美學啟蒙者鄭書意呢？』
鄭書意：『妳說得對。』
畢若珊：『結婚記得發請帖給我。』
鄭書意：『好的，不會忘記妳的。』
鄭書意回完畢若珊訊息的時候，車正開向大路。
她抬起頭，悄悄看了駕駛座的時宴一眼，正想說什麼，時宴的手機就響了起來。
鄭書意只好收了手機，低頭看手指。
窗外的綠植路燈飛速後退，車速很快，時宴看著路，恍若沒有聽到手機鈴聲，任由它響。
「那個……」等了一下子，鄭書意手指蠢蠢欲動，指了指放在中控臺的手機，「你的電話一直響，要是沒空接的話，那我……」

時宴抬了抬眉梢，隨口接道：「我外甥女。」

鄭書意話鋒一轉：「就幫你掛了吧。」

「……」

時宴偏了偏頭，輕飄飄地看了鄭書意一眼。

鄭書意一臉坦然，還眨了眨眼睛。

時宴不動聲色地打量她，說道：「妳好像對我外甥女很有意見？」

「怎麼會呢？」鄭書意笑著別開臉，看向車窗，「我又不認識你外甥女，怎麼會對她有意見呢？而且你的外甥女，一定跟你一樣好看吧？我向來最喜歡長得好看的人了。」

時宴輕哂一聲，正好停在紅綠燈路口，撈起電話。

「嗯。」

「隨妳。」

時宴只說了三個字，電話那頭的秦時月卻像是得到了強而有力的支撐，一下子更堅定自己的想法。

事情是這樣的。

她第一次打電話給時宴時，「車禍」現場已經有了不少圍觀的人。

本來秦時月是真的挺害怕的，第一次遇見這種事情，腦子轉不過來，整個人被緊張慌亂的情緒淹沒，以為自己撞死人了，已經能夠預見自己的下半生要活在這件事的陰影裡。

老爺爺躺在地上，捂著自己的腿和肚子痛苦的呻吟，秦時月手足無措蹲在他旁邊問：「怎麼回事？我只是倒個車怎麼撞到你了？」

老爺爺只管噭噭叫，秦時月又慌亂地拿出手機，「救護車、救護車呢？警察呢？」

她正要把電話撥出去，老爺爺一手拍掉她的手機，說道：「我不去醫院！我進醫院就不能呼吸，妳、妳給我五千塊，這事我們私了了！」

秦時月愣在原地，半天回不過神。

直到有圍觀的路人嘀嘀咕咕一陣，然後插話道：「怕是看小妹妹妳開幾千萬的跑車，故意來製造假車禍的。」

秦時月一愣，張了張嘴，似乎明白了什麼。

所以陳盛接到時宴的通知趕到現場時，畫面跟他想像中的不一樣。

本以為秦時月會可憐兮兮地躲在車裡，等著他來解救，結果人家好好地站在臺階上，一手拎著她的愛馬仕，一手指著地上的老爺爺，指甲上的亮片比路燈還閃。

「不可能！你休想！」

「對，本小姐有的是錢怎麼了，但你休想從我這裡訛詐一分錢！」

「還五千？五毛錢都別想！」

「本小姐願意花錢的時候花五百萬買垃圾都不眨眼，但你想訛本小姐五千塊？做夢吧你！」

「隨便你報警！我今天就跟你死磕！」

陳盛頭疼，揉了揉太陽穴，想說五千塊而已，打發打發就行了，可秦時月偏偏攔著不讓。

「憑什麼給他啊！一分錢都不給！我們家的錢又不是天上掉下來的！」

秦時月倔強起來，陳盛是真的拗不過她，偏偏電話打到時宴那邊去，時宴的態度還是依著她的。

陳盛無法，便只能陪著折騰。

第二天早上，夜裡下過雨，地面未乾，空氣裡帶著濕冷的氣息。

加上臨近元旦假期，所有人都無心工作，整個辦公大樓裡瀰漫著一股躁動感。

快十二點了，秦時月才拖著沉重的步伐踩進公司。

還沒到座位，便被人事處主管攔下來訓了一通。

而她臉上寫滿了疲憊，眼睛都快睜不開了，一副站著就能睡著的模樣，對於人事主管的話也是左耳朵進右耳朵出，敷衍地「嗯嗯哦哦」應著。

所有人都知道今天人事主管心情不好，眼看著要發脾氣了，鄭書意連忙過去把人拉走。

「我說她我說她。」鄭書意把人拉住往身後拽，又指指後面的茶水間，「陳姐妳等的熱水開了。」

主管給鄭書意面子，不再說什麼，蹬蹬蹬地踩著高跟鞋走了。

秦時月隨著鄭書意回到座位，把包一丟就趴桌子上睡覺。

鄭書意不解地戳了戳她的頭：「妳昨晚偷牛去了？一個月遲到八次，是真的不想通過實習期了吧？」

「別提了。」秦時月猛然抬頭，雙眼空洞無神，「我昨天在派出所弄到兩點多才回家。」

鄭書意問：「怎麼了？」

秦時月大致把事情經過講了，聽得四周的同事一時間都不知道該怎麼評價。

只能說，人家有錢，或許是有道理的。

不樂意花的錢，那是一分也別想從她手裡摳走。

眾同事散去，鄭書意才低聲說：「妳該跟我說一聲的，提前請個假，也免得挨罵。」

秦時月揉了揉臉，長嘆一口氣，「對哦，下次再遇到我先跟妳請假。」

鄭書意：「……」

倒也不必這麼咒自己。

「那妳爸媽呢？」鄭書意問，「沒來幫忙啊？」

「我爸媽都在國外呢。」秦時月垂著眉眼，聲音越來越無力，還帶了點委屈，「我舅舅也不來管我。」

「太過分了吧！」

鄭書意想著，秦時月雖然嬌氣了點，但小女生遇到這種事情還是很害怕的，沒長輩坐鎮的感覺她能理解，簡直感覺天都塌了，「怎麼也該去一趟啊，不然人家看妳一個小女生就欺負妳了，這怎麼當舅舅的啊，真是的……」

秦時月冷哼了聲，「可能是被小妖精纏著吧。」

她昨晚明明聽到電話那頭的時宴在一個嘈雜的環境，顯然是沒什麼正事，卻不來救她於水火之中，想來想去只能是被小嬌嬌迷住了。

「那就更過分了。」鄭書意也嘀咕，「有什麼能比自己的親外甥女重要？這放古代，那就是被禍國殃民的妖姬迷得暈頭轉向的昏君。」

說完，秦時月沒有回應，已經趴著睡了過去。

午後的時光在綿綿睡意中被拉得漫長又閒散。

鄭書意也在桌上趴了一下，沒有睡意，一動也不動地看著面前的手機。

實在無聊，她打開聊天軟體，點進時宴的聊天欄，傳了個毫無意義的梗圖。

沒想到很快，時宴居然回覆了。

時宴：『機場。』

鄭書意：『嗯？』

時宴：『我在機場。』

鄭書意：『去哪啊？』

時宴：『美國。』

鄭書意莫名有些失落，長長地嘆了口氣，無意識地打了幾個字。

鄭書意：『那你什麼時候回來？』

時宴：『怎麼？』

鄭書意想都沒想，就打了四個字過去。

鄭書意：『想你了呀。』

一大片小星星從手機螢幕上墜落，並不逼真，特效甚至有些廉價。

時宴卻看著手機，亮晶晶的星星在眸子裡閃爍，直至慢慢消失。

鄭書意：『欸？有小星星？』

鄭書意：『我再試試。』

「要起飛了。」

陳盛突然在他耳邊提醒。

「嗯。」時宴鬆了鬆領帶，最後看了手機一眼。

鄭書意：『想你了。』

鄭書意：『真的有！』

一片小星星再次綴滿螢幕。

他無聲地笑了一下。

鬆散的節前工作日不緊不慢又無聊地過去，到了最後一天，已經有不少人提前請假出門遊玩了。

鄭書意是公司裡走得最晚的一批人。

她沒有出去旅遊的計畫，倒是畢若珊提前跟她約好了，這三天假期來江城找她。

到了五點，鄭書意才收拾東西前往江城國際機場接機。

這種節氣，機場總是格外擁擠，連接機處也人山人海。

恰好飛機延誤了一下，鄭書意找了個角落站著，端著杯熱可可，一遍遍地看航班資訊。

等到天快黑了，畢若珊終於拖著行李箱走出來。

兩人遠遠地揮手，一路跑向對方，都沒急著走，站在機場嘰嘰喳喳地聊了起來。

直到一波又一波的旅客湧出來，兩人才回神般往外走。

「先把行李放我家裡。」鄭書意興奮地說，「然後我們去吃大學外面那家火鍋。」

「好好好！幾年沒吃到了，饞死我了。」

兩人走得飛快，但到到達計程車停車點時，還是被排隊的人數驚住。

「怎麼這麼多人？」

鄭書意一眼望過去，一片人頭黑壓壓的，預計至少要等四、五十分鐘。

「無語，真的無語。」畢若珊插著腰，「這些成雙成對的大過節的在家滾床單不好嗎？一個個出來湊什麼熱鬧。」

四周人來人往，鄭書意瞥了畢若珊一眼，默默咬了咬吸管。

說起情侶，畢若珊突然想起什麼，問道：「對了，妳的大事業進度如何了？」

鄭書意：「什麼？」

畢若珊：「小三的舅舅啊！」

「他啊……」

畢若珊一說起來，鄭書意仔細回想，時宴應該已經走了一週了，怪不得她覺得最近的日子尤其漫長。

鄭書意看著夜空，有亮著燈的飛機正緩緩飛來，「去美國了，應該今天回來吧。」

「誰問妳他在哪啊，我問妳到什麼進度了。」

鄭書意認真去想這個問題。

幾秒後，她皺了皺眉，「難說。」

兩人又在隊伍裡嘰嘰喳喳了一陣子。

鄭書意手裡的熱可可喝完了，離開隊伍走向垃圾桶。

丟了杯子，一抬頭，目光被遠處國際到達出口的人影吸引住。

時宴也有心電感應一般，停下腳步，朝這邊看過來。

十分鐘後，司機幫忙把畢若珊的行李箱放進後車廂。

而畢若珊站在這輛勞斯萊斯旁邊，有些忐忑，有些緊張。

她看了坐在後座的時宴一眼，又看了鄭書意一眼，隨即非常懂事地坐上了副駕駛座。

「陳助理呢？」鄭書意沒話找話，「他沒跟你一起回來啊？」

鄭書意想著，時宴出國是公事，那陳盛肯定是跟著一起去的。

見他一個人回來了，倒是有些奇怪。

時宴看了她一眼，「怎麼，想他了？」

鄭書意：？

車裡的氣氛突然沉了下來。

鄭書意不知道說什麼，恰好她的手機適時地滴滴兩聲。

她打開看，是前排的畢若珊傳給她的訊息。

畢若珊：『妳愣著幹什麼？』

畢若珊：『他在吃醋！』

畢若珊：『吃飛醋！妳感覺不到嗎！』

鄭書意抬頭，和後視鏡裡的畢若珊對視片刻，意味深長地眨了眨眼睛。

她慢悠悠地轉過頭，手指攪動著髮絲，問道：「你吃醋了呀？」

畢若珊：「……」

什麼叫硬撩？這就是教科書一般的答案。

果不其然，時宴無聲哂笑，畢若珊心如死水面如死灰。

畢若珊：『姐妹，這妳他媽能搞到手，我當場剁頭。』

鄭書意瞬間清醒。

又大意了，時宴這個人，可是萬萬不能戳破他的。

車裡的沉默似乎要無限蔓延下去。

好在畢若珊是個受不了尷尬的人，上大學時就是氣氛組組長，不論多陌生的人她也能一秒聊嗨。

更何況她本身也是財經新聞系出身，雖然現在沒有做這一行，但還是時不時關注著行業動向，隨隨便便就找了個話題跟時宴聊了起來。

一開始鄭書意還有些擔心，畢若珊這麼熱情，要是冷場了，那就太尷尬了。

但時宴今天心情似乎還不錯，對畢若珊的回應雖然算不上多熱情，但比起平時那副能只說一個字就絕不說兩個字的模樣，已經好多了。

而且畢若珊是一個非常妙的人，非常懂得如何把話題扯到鄭書意身上，讓她參與度最高，於是也算有來有往地聊了一路。

夜裡八點，車停在社區門口。

畢若珊不好意思睜眼看著人家司機幫她搬行李，於是下車走到後車廂處連連道謝。

鄭書意慢悠悠地解了安全帶，正要下車，手腕突然被人從後面抓住。

她開門的動作停下，回過頭。

「妳怎麼不早說妳朋友過來了？」

時宴看著她，聲音很低，像撓癢癢一般拂過鄭書意耳邊。

她倏地愣住。

車裡光線昏暗，也安靜，畢若珊和司機道謝的聲音被隔絕在外。

鄭書意：「嗯？」

突然，車後傳來後行李廂關上的聲音。

時宴鬆開手，別開了臉，看著手機，「沒事，回去吧。」

今晚的風特別刺骨，但並不影響人們出來過節的興致。

即便是社區門口也比平常熱鬧，小攤販全都出來了，還有不少賣氣球、彩燈髮箍的。情侶戀人一路卿卿我我，也有不少小孩子出來玩，蹦蹦跳跳地，跨年的氣氛已經提前充斥著這座城市。

畢若珊搬下行李箱，和鄭書意站在路邊。

司機回到駕駛座，車慢慢啟動。

畢若珊熱情到底，對著後座揮手，笑道：「麻煩時總了，今天車多，路上注意安全！」

說完，她扯一下正在發呆的鄭書意。

這一動，鄭書意回神，車窗裡時宴模糊的身影在她眼裡逐漸清晰。

也是這一刻，她終於反應過來，時宴剛剛那句話是什麼意思。

於是，她迎著風一笑，朝他揮了揮手，隨後，十分做作地扭著身體拋了一個飛吻。

畢若珊：「……」

她的笑容僵在嘴邊，用力扯鄭書意的衣角。

「姐妹，姐妹，過分了啊，太浮誇做作了啊，收一收求妳了，我都替妳尷尬！」

「有嗎？」鄭書意摸了摸臉，看著時宴的車漸漸遠去，「還好吧。」

車窗緩緩升了上去，走馬燈一般倒映著路邊萬物。

而鄭書意做作的身影像刻在玻璃上一般，久久不散。

光影閃過，時宴看著車窗，倏地垂眸輕笑。

跨年夜的交通比以往還要擁堵，馬路上的車像烏龜集體出行，慢吞吞地挪向分叉口。

自從鄭書意走後，時宴便靠在背椅上，摘了眼鏡，閉目養神。

十幾個小時的飛機，即便是頭等艙，也難以有完全舒適的休息條件，時宴又是對環境很挑剔的人，所以算起來，他已經一整天沒怎麼休息了。

今天司機也大概是心在放假，所以車子開了一陣子，他才突然想起來要問時宴，現在去哪裡。

跨年夜，年輕人幾乎都出門了，顯得這座城市格外熱鬧。

但時家老宅子今夜是沒有人的。

時宴選擇回到博港雲灣的家裡。

開了燈，一片明亮，卻沒有什麼生活的氣息。

他洗了個澡，換了一身舒服的衣服，到書房坐了一下，原本想打開電腦處理一些工作，郵箱裡卻堆滿了來自合作方的祝福信件。

時宴突然沒了興致，隨手倒了杯酒，坐在陽臺上。

對面的ＣＢＤ各大樓已經亮起燈，ＬＥＤ螢幕上全是迎接新年的標語。霓虹閃閃，車水馬龍，熱鬧非凡。

卻有些沒意思。

其實這次突然回國，是二十四小時前做的決定。

那時公事已經處理完，合作公司接待方辦了個晚宴，盛大操辦，還有著名演員出席，以表誠意。

可是時宴興意闌珊，在酒店歇了一陣子，便叫了陳盛過來，安排他代表銘豫出席晚宴。

而時宴，坐了當天的航班回國。

從酒店到甘迺迪國際機場路程雖遙遠，不過只是在車上睡一下子的功夫。

上了飛機後，看著艙內旅人歸心似箭的表情，時宴有那麼一瞬間的恍然。

是為了什麼，突然想回國了。

答案這時才很清晰地冒出來，無非是那個在他手機上面布滿小星星的女人。

時宴甚至覺得，與其在這裡和演員推杯換盞，還不如回去看鄭書意表演。

鄭書意這個人，做事的表演痕跡向來很重，只是她自己或許不覺得。

所以時宴也從來沒把她當做單純的女人看待。

從她一開始的主動接近，到後來的裝瘋賣傻，無時無刻不在流露出她的欲望。

雖然現在沒有明確表達，但她一定是想從他身上得到什麼。

這一點，時宴從來沒懷疑過。

抱著目的接近的人，無論男女，時宴見得多了，有的目標是他，有的目標是他的父親、姐夫，甚至是朋友。

這些人都有同樣的特質，各個長袖善舞，能說會道，做事滴水不漏。

而像鄭書意這樣的，最多算個吊車尾的差生。

偏偏她還渾然不自知，認為自己水準了得。

奇怪的是，被天性裡的可愛包裝後，這樣的目的性竟然變成了糖衣炮彈，讓人心甘情願地嚐了一次又一次。

與博港雲灣的清冷不同，財經大學校外的火鍋店人滿為患，八點多了，門口還排著長隊。

幸好鄭書意早早抽了號，才能一到就有位子。

兩人坐了小桌，菜卻擺得堆不下了。

鍋裡熱氣騰騰，畢若珊吃到想念已久的味道，不顧形象，弄得滿臉通紅。

等味蕾得到滿足了，兩人才開始慢悠悠地一邊燙菜，一邊閒聊。

自今日一見鄭書意嘴裡那位傳說中的小舅舅，畢若珊驚為天人，話題自然離不開他。

她想到什麼，拿出手機，又去翻岳星洲的動態。

「妳知道嗎，我至今沒拉黑他就是為了視奸他和那個小三能作出什麼事情來，妳是不知道，自從他開始秀那個小三，我們以前大學裡的朋友都默契地不幫他點讚了，想想以前，他一發妳的照片，多少人點讚啊。」

正說著，她一更新，便發現岳星洲又更新了動態。

和之前一樣，只發了一張他和秦樂之的合照，也沒配什麼文字。

看著這照片，畢若珊托著下巴，皺眉搖頭，「所以說老天真的是不公平的，同一個家族，差不多的基因，怎麼這個小三就長成這樣呢？」

她「嘖嘖」兩聲，「但凡她能隨她小舅舅兩成，我們這些老同學也不會這麼震驚，連點讚都不敢，生怕得知昔日同窗是一朝眼瞎了。」

她嘮叨地吐槽完一堆，卻發現鄭書意完全沒有理她。

抬起頭一看，鄭書意咬著筷子，不知道在想什麼。

「喂？」畢若珊伸手在她眼前晃，「妳有沒有聽我說話？」

鄭書意恍然回神，抬眼看著畢若珊，「噗嗤」一聲笑了出來。

畢若珊一臉茫然：「妳怎麼了？」

「我跟妳說，其實今天下車前，時宴跟我說了一句話。」她放下筷子，捧著臉，笑瞇瞇地說，「他問我，怎麼不早告訴他有朋友過來過元旦。」

在這方面，畢若珊可比鄭書意有經驗多了，幾乎是秒懂，她一拍巴掌，蓋棺定論，「有戲，很有戲，這是原本打算跟妳一起過節的，結果我的出現打亂了他的計畫。」

鄭書意猛點頭：「他就是這個意思對吧？」

「是啊，肯定是啊，」只是畢若珊光是為朋友高興了，好一陣子才想到自己，「那妳應該不會丟下我去跟他過節日吧？」

鄭書意嚼了嚼嘴裡的魚丸，沒有說話。

「我告訴妳鄭書意，妳可不能這麼對我，我們多少年的感情了，妳要是敢在這個假期丟下我，未來的路我就永遠自己走，」畢若珊突然覺得自己很多餘，但是又不甘心，她敲了敲桌子，很認真地說，「而且越是這個時候，妳越是要矜持，把握好進度，懂嗎？」

說完，畢若珊覺得自己是在廢話。

能當著面強撩得她這個局外人都拳頭硬的人，能指望她把握什麼進度？

鄭書意隨意地揮了揮手，「妳放心，我肯定不會丟下妳的。」

有了鄭書意這句承諾，畢若珊稍微安心了點。

飯後，兩人本來準備去江城最熱鬧的步行街跨年，可是九點多到那裡的時候，由於人太多，為了避免發生踩踏事件，交警已經開始進行交通管制，限制進入。

沒能去成，兩人也不是特別遺憾，索性買了點零食和酒回家去。

舒舒服服地坐在家裡聊天，也不失為一種放鬆的方式。

正說笑著，鄭書意下意識摸一下手機，看到有新訊息，立刻打開。是來自一個高中同學提前的新年祝福。

鄭書意看了一眼，回了個「謝謝」便丟下手機。

和畢若珊待在一起，時間總是過得特別快，即便兩個人只是坐在一起純聊天。

直到窗外絢麗的焰火光影閃爍進屋子，晃了晃兩人的臉，她們才朝外面看去。

這座城市瞬間沸騰了，燈光璀璨，夜空也被照亮。

在這辭舊迎新的時刻，兩人的手機都開始連續震動，熟悉的、不熟悉的好友們紛紛傳來了新年祝福。

不過大多都是群發的。

鄭書意在一百多則新訊息清單裡，敏銳地捕捉到了時宴的。

她差點就順手滑過去了。

而他傳來的內容，也十分簡單。

『新年快樂。』

鄭書意琢磨了一下，認認真真地打字回覆：『是……群發嗎？』

就四個字，也太敷衍了吧。

不過不等對方回覆，她又說：『是群發也沒關係啦。』

鄭書意盤起腿，坐在床邊，嘴角抿著奇奇怪怪的笑，專注地看著手機打字。

鄭書意：『能在時總的群發分組裡，也是我的榮幸，想必我已有了不一般的地位。』

鄭書意：『雖然只有簡單的四個字，但卻比任何人的新年祝福都有含金量。』

鄭書意：『我現在好忐忑，好緊張，都不知道要回怎樣的祝福才能配得上時總的四個字。』

時宴：『妳很閒？』

鄭書意：「……」

畢若珊見她認認真真地看著手機，一下子笑一下子僵，湊過去看了一眼，無語地翻白眼。

「妳不要理他了！」

她話音剛落，又進來了新訊息。

時宴：『不是在陪朋友跨年？還能想這麼多？』

耳邊畢若珊還在碎碎念：「別回了，真的別回了，這個時候妳不要表現得很好拿捏懂嗎？而且我們難得見面，好好聊天不行嗎？」

鄭書意想想也是。

畢若珊又道：「妳就說妳要睡了。」

鄭書意：「剛十二點，誰相信啊？」

畢若珊一副恨鐵不成鋼的樣子教導她：「妳管他信不信啊！」

鄭書意似懂非懂地點點頭，打了幾個字過去。

鄭書意：『如果我說我想睡了你信嗎？』

文字傳送出去後，對面果然遲遲沒有回應了。

鄭書意繼續和畢若珊聊天喝酒。

忽然某個剎那，鄭書意腦子裡閃了一下，立刻抓起手機，仔細看了看自己剛剛傳的那則訊息。

嘴角一僵，表情瞬間凝固。

她扯了扯嘴角，飛速打字。

鄭書意：『我不是那個意思啊，你別斷錯句啊！』

第十四章　心想事成

等待的間隙，鄭書意一直握著手機，時不時看螢幕一眼。

許久過去，對面終於不緊不慢地回了句話。

時宴：『我斷錯什麼句？』

鄭書意深吸一口氣，試圖讓自己先鎮定起來。

鄭書意：『沒什麼。』

時宴：『嗯？妳在想什麼？』

時宴：『妳說清楚。』

這邊，畢若珊剝開一包零食，塞了滿嘴，說話口齒不清：「然後妳猜我那上司怎麼了？他居然想把鍋甩到我頭上！」

鄭書意完全沒注意畢若珊的話，捏緊了手機，牙齒咬得痠痛。

為什麼要手賤？為什麼要補充那一句？大家都當無事發生不好嗎？

鄭書意：『當我沒說，新年快樂。』

「真是搞笑，我憑什麼幫他揹鍋？」畢若珊沒發現自己此刻已經是自言自語了，語氣還挺激動，「這年頭誰還指望著那份工作吃飯了不成？我隨便找個行業當銷售還養活不了自己嗎？所以我立刻就把證據傳到大老闆信箱裡，同時甩了離職信，誰還非得看他臉色了是吧？」

手機裡又來了兩則訊息，鄭書意看了一眼，就低頭盯著手機一動也不動。

畢若珊半天等不到回應，一看鄭書意這狀態，不用看她手機都知道在幹什麼。

忽然覺得，眼前的人簡直就是個扶不起的阿斗。

她丟下手裡的零食，倏地起身，「我去洗澡！」

時宴：『快點說。』

時宴：『別等我睡了妳才說。』

鄭書意看著這兩行字，手在輕微地顫抖，臉頰慢慢變紅。

時宴他，絕！對！是！故！意！的！

還一副自己不懂的樣子，人家舉一反三，他舉一反三百三。

鄭書意：『都說了沒什麼你好煩啊！』

鄭書意：『我什麼都沒想多就是預防一下你想多。』

鄭書意：『睡了拜拜！』

她丟開手機，隨手抓起一個抱枕倒到沙發上。

窗外的煙火秀已經落幕，濃稠的夜空卻依然被絢麗的燈光照得透亮。

鄭書意睜大了眼睛，盯著懸在天邊的月亮，耳根在發燙。

朦朧的雲層一下子遮蔽住月光，透出隱約的亮光；一下子被風吹散開來，一彎弧形在夜幕裡被清晰勾勒出來。

喧囂過後，這座城市終於緩緩歸於寂靜。

從博港雲灣的視角看出去，江水閃著粼粼波光。

時宴雙腿搭在凳子上，雙眼閉著，手邊的酒喝了一小半。

等到手機終於沒了動靜，才起身朝臥室走去。

* * *

新年第一天清晨，不知哪家有毛病在樓下放鞭炮，劈哩啪啦一陣響，把睡夢中的鄭書意和畢若珊驚醒。

「誰放鞭炮啊！這是元旦又不是大年初一！」畢若珊打開窗戶就打算開罵，可是往下一看，除了一堆殘留的碎炮片，一個人影都看不見。

「真沒品，下次被抓到就報警，市區燃放鞭炮是違規的不懂嗎？」

等她把起床氣消了，回過頭發現，鄭書意還坐在床頭，兩眼呆滯，頭髮亂糟糟地像被蹂躪了一整夜。

畢若珊打了個哈欠，說道：「繼續睡吧。」

「算了。」鄭書意揉了揉頭髮，爬下床去洗手間簡單洗漱後，回到房間，打開電腦和手機，一個個傳送新年祝福給接觸過的採訪對象，或郵件，或訊息，也不管現在是否還有交集。

這是她逢年過節的習慣，為了維護好每一個資訊資源。

畢若珊坐在床上默默地看了一下，問道：「妳在幹什麼呢？」

「別打擾我。」鄭書意仔仔細細地看著電腦螢幕，一個字一個字地核對，生怕自己再錯漏一個標點符號。

昨晚的事情給了她極大的心理陰影。

時宴那邊就算了，要是在其他人那裡再弄錯，她能自閉三年。

畢若珊看著她寄了很多封郵件，又拿著手機戳戳點點，忍不住問：「妳不會是在傳訊息給時宴吧？」

鄭書意愣了一下，特地把手機螢幕給畢若珊看，「沒有，我在傳訊息給朋友們。」

「那就好。」畢若珊在床上蹬了蹬腿才下來，經過鄭書意身邊時，拍了拍她的肩膀，「穩住才能贏，這幾天就別理他了，我們好好玩。」

說完，畢若珊去洗手間洗漱。

而鄭書意滑了滑螢幕，看見她和時宴的聊天記錄還停留在昨晚那個尷尬瞬間。

就算畢若珊不說，她這幾天也不會再理時宴了。

鄭書意第一個傳祝福訊息的人是關向成。

十幾分鐘過去，關向成回了訊息，是語音：『妳也新年快樂，這時候該放假了吧？』

鄭書意：『嗯，我們今年正常放假。』

看她這個說辭，關向成覺得這年頭的小女生們還挺辛苦的，什麼行業都常年加班，不比他想像中輕鬆，於是說道：『那就好好休息，有時間的話歡迎來馬場玩，還是要多運動運動，身體才是革命的本錢吶。』

鄭書意：『好呀，有機會的話一定來！』

鄭書意：『先提前謝謝關叔叔了！』

關向成：『妳隨意去就行了，馬場那邊一直有人看管著。』

正好畢若珊刷著牙探頭出來，聽見模模糊糊的語音訊息，問道：「什麼馬場啊？」

「妳知道關向成嗎？」鄭書意說，「就是以前投資學老師總是提的那一位。」

「還有點印象。」畢若珊含著牙刷含含糊糊地說，「剛剛是他嗎？」

「嗯。」

對於鄭書意的朋友圈有這種人，畢若珊不覺得奇怪，點了點頭就繼續去洗漱。

等鄭書意給所有人傳完訊息，時候已經不早了。

兩人擠在一起化妝打扮，拖到中午在家裡吃了外賣才出門。

元旦大假，但凡是能吃飯的地方都擠滿了人，更別說商業中心。一想到人山人海鞋都能擠掉的場景，鄭書意和畢若珊就害怕，兩人也不是特別愛湊熱鬧，於是便默契地決定不去自找罪受了。

「要不然去財大吧，」畢若珊說，「昨天吃了飯已經很晚了，也進不去，今天正好趁著學校人少，去看看裡面有沒有什麼變化。」

兩人說動就動，立刻搭車前往財大。

這兩天，她們一直沒往人堆裡擠。

去財大的時候正好遇到學生在操場辦音樂節，兩人美滋滋地看了一下午，拍了不少照片。

第二天又花了一個下午看電影做指甲，晚上去江邊看煙火吃宵夜，過得閒散又舒服，這才是她們想像中假期的日子。

不過期間，畢若珊一直在對鄭書意灌輸一個想法。

「妳就矜持矜持吧，讓他好好等一下，等得患得患失最好，」畢若珊坐在路邊攤，老神在在地說，「不傳訊息，多發動態，懂嗎？」

鄭書意正在整理這兩天拍的照片，聽到畢若珊的話，心裡並不是很有底，「說得妳好像很有經驗似的。」

「我的經驗怎麼也比妳多好吧，我跟妳不一樣，我看上一個男人，大多數情況都要靠我去勾引。」

她想了想，問，「他這兩天有聯絡妳嗎？」

鄭書意搖頭：「沒有。」

說完又補充，「他就是這個樣子。」

「哼。」畢若珊輕嗤一聲，「就讓他等著吧，我就不信了，等等看見妳的動態就心癢癢了。」

說話期間，鄭書意正好上傳了九張圖到動態上，全是她們這幾天拍的照片。

吃幾口菜的功夫，便有了幾十個點讚和留言。

鄭書意放下筷子，一個個看下去，並沒有看到畢若珊口中會心癢癢的時宴。

反而在一分鐘前，看見他還分享了一則財經新聞。

鄭書意覺得畢若珊說的這一招，對時宴這種人可能根本沒什麼作用。

「妳看，他根本就不吃這一套！」

整個元旦假期，對時宴來說沒什麼特別意義。位子做得越高，越是很難擁有放假的機會。

而陳盛就比較慘了。

原以為時宴突然回國了，他在美國就代表出席一個晚宴，沒什麼重要的事，打算在紐約過個元旦。

誰知時宴回去之後好像也沒什麼事，一堆工作突然安排了過來。好在最後一天，時宴終於有人約了，便擱置了視訊會議，陳盛也能好好睡個覺。

不過時宴這邊倒也不是什麼大事，就是關向成的兒子回來了。

關濟隨關向成的性子，做事低調，也沒有要人接風洗塵的習慣，一聲不吭地回家調了時差，直到第三天，才想著出來放放風，便打電話給時宴。

假期喧鬧，他又喜靜，便約了三、兩朋友，一起到他家的馬場一聚。來這裡主要是圖個安逸，恰逢今天天氣好，冬日太陽暖洋洋地照在身上，人也變得鬆散了下來。

時宴剛到，便看見幾個人坐在躺椅上，放浪形骸，完全沒了平時的矜貴。

他跟幾個朋友打了招呼，也沒插入他們的話題，自顧自地坐下，將眼鏡摘下放在一旁，揉了揉鼻樑骨。

模糊的視野裡，空曠的草場入目只是一片枯綠色。

時宴沒看手機，也沒和朋友們聊天，就閉著眼睛，似乎在養神。

坐了好一陣子，朋友們聊得喜笑顏開，時宴卻始終沒插入對話，闞濟覺得有點不對勁了，問道：「你怎麼了？」

「沒怎麼。」時宴神色淡淡，一副對什麼都沒什麼興致的樣子。

伸了腿看著前方的綠茵草地，幾匹馬悠閒地吃著草。

雲朵飄得很慢，無聊地在藍色幕布上變幻之著形狀。

耳邊的人卻聊得熱火朝天，闞濟突然想到了什麼，跑去更衣間裡，拿了個木盒子出來。

「這是什麼？」

幾個朋友紛紛湊上去問。

「股市動盪，我的心臟有點承受不了哇。」闞濟也不賣關子，直接打開盒子，裡面是幾尊玉佛，「世面見多了，反而越發信這些，前陣子去了一趟山上，專門求了幾尊。」

有人笑著打趣，有人也跟著闞濟摻和。

不管到了什麼年代，迷信這一說，還是有人心存敬畏。

闞濟樂呵呵地轉過去問時宴，「你在想什麼呢，怎麼一副心不在焉的樣子？」

時宴沒回答他的問題，只是說道：「怎麼了？」

關濟把盒子裡的東西往他面前一放，說道：「有你的份，你也選一個吧，我們做這行的，心情成天跟坐雲霄飛車似的。」

時宴興致缺缺地撩眼一看，隨手撈起來，「你真的信這個東西？」

關濟很認真地說：「不管怎麼樣，求個心理作用唄。」

「是嗎？」時宴隨意地翻轉玉佛，背後還刻了個「心想事成」。

他戴上眼鏡，輕笑道：「想什麼來什麼嗎？」

關濟應聲：「嗯，可以這麼理解，你在想什麼就來什麼。」

話音落下，時宴抬了抬眼，忽見前方出現一抹熟悉的身影。

腳步輕快，正朝這邊走來。

時宴手指一緊，握住掌心的東西。

鄭書意和畢若珊今天原本打算去美容院做個ＳＰＡ，下午再看個電影，晚上便可以不緊不慢地送畢若珊去機場，這三天假期圓滿結束。

誰知美容院今天人多，預約已滿。

而電影票也買不到視線好的位子，只有幾個角落。

兩人不想將就，又無所事事，在家裡呆坐了一陣子，不知道要幹什麼。

直到畢若珊突然想起那天聽到的「馬場」，便跟鄭書意提了提，想去見識一下。

一開始鄭書意還有些猶豫，覺得這麼突然地過去可能不太好，但畢若珊難得過來玩，對馬場又很好奇，鄭書意便嘗試著跟關向成說了聲。

沒想到關向成一口答應了，說跟馬場的管理者打了招呼，讓她們直接過去就行。

於是兩人換了一身舒適方便的衣服，吃了午飯便搭車過去。

只是她們都沒想到，會在這裡遇見時宴。

一開始她們還沒發現那邊的人，下了車興奮地走進來，門衛這邊也提前打過招呼，直接放她們進來。

但鄭書意往馬場裡頭一張望。

雖然隔得遠，看不清楚面容，她還是一眼就確定坐在椅子上那個模糊的身影是時宴。

恰好他也看了過來。

隔著幾十公尺的距離，鄭書意腳步突頓，站著不動了。

畢若珊這才隨著她的視線看過去，也是一愣。

「媽呀，」她喃喃念著，「這緣分來了擋都擋不住哇。」

鄭書意回過神，理了理頭髮，就要走過去。

畢若珊卻一把拉住她，「妳急什麼？」

她悄悄朝那邊張望一眼，很明確時宴是在看她們，便說道：「叫妳穩住，都當耳邊風了嗎？果然是沒追過人的，一點分寸都不懂。」

而這一邊，時宴雖然是第一眼看見鄭書意過來了，行為上的反應卻沒有關濟快。

關濟看到她們的時候，先是驚詫了一下，沒想到自家這個私人馬場會有陌生人進來。作為主人家，他立即站了起來，半是好奇半是戒備地朝她們走過去。

時宴原本已要起身，見關濟動作這麼快，反倒鬆了背脊靠到椅子上，端了杯水，交疊著腿，目光緊緊黏著他的背影。

關濟走近的那一瞬間，看清了來人的長相，臉上那點對陌生人的打量自然地轉變為友善的笑容，「兩位是？」

鄭書意不認識這人，但看氣質與一副主人家的態度，大概能猜測到大致的身分。

她不經意地朝時宴那邊看了一眼，見他還穩穩坐在椅子上，便簡單地自我介紹了一下，並說：「今天突然造訪，跟關叔叔打了個招呼，但沒想到你們在這裡，那我們還是先不打擾了。」

鄭書意這麼一說，關濟倒是想起元旦那天，他時差還沒調過來，早上跟關向成一起喝茶，隱隱約約聽到他跟人說什麼歡迎去馬場玩。

雖然不認識，但關濟向來自詡紳士標杆——特別是面對美女時。

所以現在不用關向成專門打招呼，他便已經端起主人家的心態，下定主意要好好招待，倒是把專門叫來的朋友忘在一邊。

「來都來了，馬場這麼大，也沒什麼打擾的。」他抬手，做出請進的手勢，「妳們隨意玩就好，或者我帶妳們參觀一下？」

鄭書意再次朝時宴那邊看去，遙遙相隔，卻又正正地目光相撞。

「好啊。」

時宴身旁坐的朋友也好奇地看了一陣，眼睜睜地看著關濟直接帶人往馬廄走了，冷眼旁觀著，不免打趣道：「關濟這個人還真是本性不改啊，見兩個美女就把我們丟下了，也不帶過來介紹介紹。」

時宴把玩著手裡那尊玉佛，涼涼瞥了他們一眼，「這麼遠，你們就知道是美女了？」

沒人注意到他的重點抓得有些歪。

一個朋友被他的話帶跑思緒，說道：「雖然遠，但是看整體身形氣質，總錯不了吧。」

另一朋友也笑著看向時宴：「怎麼，你覺得一般？」

時宴目光往那三人身上掃了一眼，視線緊緊跟著，半晌才漫不經心地吐出兩個字，「還行。」

朋友頓時樂了，「關濟要是聽到你這麼說要氣死，誰不知道他眼光高啊，一般人入不了他的眼。」

「是嗎？」見那三人已經進了馬廄，時宴突然起身，垂頭看著兩個朋友，「那你們知道關濟為什麼至今未婚嗎？」

這問題來得突然，兩朋友愣了一下，好奇地看著時宴，做出一副洗耳恭聽的模樣。

「眼光過於高了。」他沒頭沒尾地丟下這句，便朝馬廄走去。

這一下子功夫，關濟已經不動聲色地打聽到了鄭書意和畢若珊的身分職業，還順勢拍了一番馬屁，「前段時間妳和我爸的對話稿我看了，當時我還問我爸這誰寫的，有機會一定讓我認識認識，沒想到今天就這麼巧遇見了。」

畢若珊安安靜靜地站著，其實一直在幫忙注意另一邊的動靜。

而鄭書意專注地聽著關濟說話，手隨意地扶在圍欄邊，輕輕敲打。

面前的馬便是鄭書意上次騎過的紅馬，脖子上的長毛梳成小辮子，很有特色。

牠似乎也對鄭書意有那麼一點印象，看著纖細盈白的手指在眼前晃動，出於動物的本性，突然抬頭蹭了鄭書意一下。

毛茸茸的觸感突然襲來，一些不太好的回憶瞬間湧進腦海，鄭書意一驚，驟然收回手。

看她樣子好像被馬嚇到了，關濟連忙說：「別怕啊，這匹馬很溫順的，牠這個動作是表明喜歡妳呢。」

鄭書意點頭應了一句，自言自語般輕聲說：「也要看是什麼人騎牠的。」

說完，她低低地悶哼，朝外面看了一眼。

時宴還真是穩如老狗，她都來這麼久了，他明明也看見了，卻一點反應都沒有，好像完全不認識一樣。

馬廄這邊是開放式的，視線好，時宴他們那邊的景象一覽無遺。

他就坐在那裡，也沒往這邊看，一副泰然自若的樣子。

關濟沒聽清她在嘀咕什麼，也不在意，又跟她聊了一下，便揮手叫飼養員過來。

「今天天氣也舒服，妳們要不試試看騎馬？」

鄭書意看畢若珊，詢問她的意思。

畢若珊本身就對騎馬很好奇，又見關濟這個主人家對她們這麼熱情，當然不會彆彆扭扭地拒絕，當即點了點頭。

鄭書意便笑著說道：「好啊，那麻煩關先生了。」

關濟：「不客氣。」

他今天穿著一身寬鬆的毛衣，渾身舒服，興致便更高昂了，活動活動肩頸，說道：「我今天也是來玩的，沒什麼事，可以教一下妳們。」

看看，人家初次見面都這麼熱情，而時宴還像一尊佛一樣，愣是巋然不動。

鄭書意一想到就來氣。

「你很閒？」一道男聲突然響起，「那你火急火燎地打電話把我們叫來幹什麼？」

馬廄裡三人紛紛回頭。

鄭書意和關濟靠得很近，嘴角的笑意還沒來得及收斂。

外面的日光亮得有些晃眼睛，時宴站在門口，背著光，整個人嵌在光影裡，身形被勾勒成清晰的剪影，頎長挺拔，即便他有些鬆散地靠著門邊。

關濟被他突然噎了一下，莫名其妙地，一時不知如何應答。

時宴也沒真的要等關濟說什麼，隨即便看向鄭書意，「妳怎麼來了？」

鄭書意不知怎麼的，總覺得時宴的目光有些咄咄逼人。

她下意識地往後挪了兩步，悶悶地說：「馬場又不是你家的。」

畢若珊在一旁聽著，突覺鄭書意怎麼開竅了，終於懂了她這幾天的點撥，於是默默地對她豎了個大拇指。

時宴聽見鄭書意這語氣，本就眼神一凝，再看她往關濟那邊靠，便上前幾步，逼近她。

「是嗎？但我一句話就可以讓妳進不來。」

鄭書意：？

她是真的被時宴嗆得又氣又惱。

還沒開口，關濟便插了話：「你們認識啊？」

關濟可不是個愣頭青。

光是時宴和鄭書意這一來一回的兩句對話，他便能迅速摸索出兩人不尋常的關係。

但以他對時宴的瞭解，似乎又不該是他想像中那樣。

這莫名其妙的火藥味，著實讓他摸不著頭緒。

時宴看了關濟一眼，懶得理他，直接朝鄭書意走去。

關濟卻在這個時候想緩解氣氛，轉頭對鄭書意說：「既然是時宴的朋友，那也是我的朋友，妳當自己家隨意玩開心就好。」

他這話，時宴怎麼聽怎麼刺耳。

時宴：「我們的關係什麼時候這麼好了？」

關濟：？

鄭書意聽到這話，理解岔了，一口氣順不上來，看了時宴一眼，咬著牙笑道：「是啊，我們不熟。」

話音落下，時宴腳步一頓。

鄭書意又對關濟說：「這樣麻煩您不好吧。」

時宴站到鄭書意面前了，卻又沒說話，目光從她臉上一寸寸掃過。

看他在那裡盯來盯去的，畢若珊很有眼色地挪開些，但關濟的行事作風就完全不同了。

他突然往面前一橫，說道：「有什麼不好？我爸都跟我打了招呼讓我好好照顧妳們，走吧，我幫妳們找點護具。」

鄭書意立刻笑著說：「好呀，謝謝關先生啊。」

和關濟一同經過時宴身邊時，她下巴一抬，似乎在說「人家主人邀請我的，怎麼樣？」

時宴緩緩轉身，單手插入口袋，視線追隨著他們的背影直到離開馬廄。

半晌，才鼻腔裡輕哼一聲。

由於這時已是隆冬，比鄭書意上次來的時候要冷得多。

加上她又穿得方便，所以只需要脫了外套，再戴上一套護具便足夠。

安靜的更衣間裡，鄭書意低頭擺弄著護具。

或許是因為這一套護具比較複雜，又或是因為她有點煩躁。

半天弄不好，鄭書意一急，直接把腰帶抽了出來。

突然，背後的門簾拂動，屬於時宴的氣息挾裹著冷風擠了進來。

鄭書意一驚，還沒反應過來，手中側腰帶便被人抽走。

隨即，時宴雙臂從她腰腹間繞過，迅速地扣上腰帶，俐落一拉一繫，人便被腰帶一同箍進他懷裡。

鄭書意的後背緊緊貼著他，整個人還被他的雙手箍著。

狹小的更衣間裡，耳邊拂過時宴的呼吸，連鼻尖也縈繞著他衣服上的香味。

他沒有鬆開手，鄭書意一動也不動。

兩人維持著這個姿勢，呼吸聲，逐漸變得越來越清晰濃重。

以及，有人心如擂鼓。

直到時宴的聲音在鄭書意頭頂輕輕響起，「前兩天不是還想睡我，今天就不熟了？」

鄭書意：「……」

第十五章　騙財或騙色

窄小的更衣間裡的空氣似乎在一瞬間凝成固體，凍結了鄭書意，讓她連嗓子都動不了。

倒不是因為她無話可說，而是因為，關濟過來了。

這更衣室裡一共就七、八個更衣間，也並非封閉式，只掛了不足一百七十公分的門簾。

關濟站在外面，隨便一張望，就能看見時宴的頭，但卻看不見被門簾遮住的鄭書意。

「妳好了沒？」

關濟就站在外面，僅一簾之隔。

鄭書意莫名呼吸一滯，喘氣都不敢大喘。

大腦來不及分析，下意識屏氣凝神，不敢出聲，不敢讓外面的人發現。

好像兩人在偷情似的。

「還沒好，」時宴回頭，看了關濟一眼，「催什麼催？」

鄭書意在他懷裡，他一說話，便能感覺到他前胸細微的震顫。

連帶著鄭書意也一起有了微妙的酥麻感。

關濟還想說什麼，正朝這邊邁步。

另一頭，畢若珊穿戴好護具走了出來。

她墊腳，望了一圈，立刻說道：「關先生，這個腰帶怎麼回事啊？我弄不好。」

她一邊擺弄腰帶一邊往這頭走，關濟沒多想，立刻過去教她繫腰帶。

半分鐘的功夫，關濟幫畢若珊弄好了，但這一打岔，也就忘了剛才的事，只是抬頭對時宴說道：「你快點啊。」

說完要走，他才想起來，又目光四尋，「鄭小姐呢？」

「別管她啦。」畢若珊的聲音響起，「她這個人做事慢得很，我們出去等吧。」

關濟不作他想，點了點頭。

經過這一處更衣間時，畢若珊手指拂過門簾，狀似不經意地看過來，正好對上時宴的目光。

她莫名有些心虛，轉過頭加快腳步走了出去。

等到兩人的腳步聲逐漸消失在更衣室裡，鄭書意還僵持著這個姿勢不動。

時宴卻低頭，下巴貼近她的臉頰，垂眼斜看著她，「說話。」

鄭書意當然說不了話，她一動也不動，盯著前方的木板，手指揪著衣角。

兩人脖頸靠得極近，導致呼吸幾乎交纏在一起。

鄭書意能感覺到他的氣息，那他，肯定也能感知到她的呼吸頻率。

既然這樣，鄭書意懶得僵持了。

她微微往左側頭，避開時宴的目光。

「那你給睡嗎？」頓了一下，又說：「睡了負責嗎？」

說完的這兩秒，幾乎是鄭書意人生中度過最漫長的兩秒。

她能說出這種話，已經是被時宴逼得完全打破了自己的心理防線。

而他卻不緊不慢地看著她，目光有些輕慢地打量她的側臉。

過了好一陣子，鄭書意沒等到他的回答，反而是他抬起左手，捏一下她的臉頰。

然後瀟底鬆開對她的鉗制，轉身走了出去。

鄭書意被他這一番操作搞得有些茫然，在更衣間裡呆站了好久。

這到底是什麼意思啊！

鄭書意慢吞吞地收拾好自己，走出更衣間時，畢若珊已經高高興興地騎上一匹小棕馬，撒歡似的笑著，好像完全忘了自己還有個朋友剛剛正處於水深火熱中。

鄭書意再往側邊看去，兩個陌生男人坐在遠處，沒有要過來的意思。

反倒是時宴，站在一匹馬旁。

冬陽正暖，綠茵無際，人比馬挺拔，站在那裡，理應是一副很養眼的畫面。

可鄭書意一想到上次吃的苦，默不作聲地移開視線，往關濟那邊看。

關濟本來在招呼畢若珊，看見鄭書意出來了，便對馬廄揮了揮手，鬆了韁繩，緊接著就要朝鄭書意走過來。

畢若珊一看，也不知突然跟關濟說了什麼，把人留在那裡。

隨後她朝鄭書意抬了抬下巴，用只有兩人能懂的眼神在傳遞資訊。

鄭書意默默搖頭。

她不懂，她什麼都不想懂。

正想著，時宴不知什麼時候牽著馬，慢慢走到她身邊，「上馬。」

鄭書意：「……」

她看了時宴一眼，抿著僵硬的笑，退了一步，「不了吧，我只是來放放風，並不想上馬。」

時宴點點頭：「妳自己上去，還是我幫妳？」

「……」大腿突然開始隱隱作痛了。

鄭書意嘴角一扯，乾巴巴地問：「就沒有陽間的選項嗎？」

時宴一時間沒有聽懂她這句話的意思。

而鄭書意說出口的一瞬間也有點後悔，立刻又說：「那你抱我吧，要公主抱那種。」

炎炎陽光下，時宴的鼻樑上的鏡片反著光，鄭書意看不清他的眼神。

卻清楚地看見他倏地笑了一下。

瀲灩光暈綴在鏡框上，襯得他這抹笑有些刺眼。

時宴不是個愛笑的人，認識這麼久，鄭書意見過他笑的時刻，一隻手都數得過來。所以他驟然這樣，鄭書意心裡反而有些發毛。

眼看著他真的走過來了，鄭書意忽然繞了一下，自己踩著馬鐙騎上馬背。

待她拉住韁繩，身後一沉，時宴的氣息再次襲來。

時宴會騎上同一匹馬，鄭書意完全不意外，看他剛剛那表情，也不像是會站在地上幫她牽繩的人。

不過他今天似乎決定善良一次，不緊不慢地驅著馬，悠閒地晃悠在圍欄邊際，離關濟他們百公尺遠。

偶爾有風吹過，攜帶著草地的味道，捲起鄭書意的頭髮，時不時拂在時宴臉上。像是真的在散步，連呼吸也變得舒緩。

過了很久，就在鄭書意以為歲月就這樣靜好時，耳邊突然響起他的聲音。

「以後別隨便說那種話。」

鄭書意：「嗯？」

「我不是什麼柳下惠。」

「……」

傍晚，鄭書意將畢若珊送到了安檢口。

臨走前，畢若珊還不忘耳提面命，「別忘了我的叮囑，矜持，矜持一點懂嗎？放長線釣大魚！」

鄭書意應著說「知道了知道了」，連忙把她趕進了安檢口。

冥冥天色，晚霞在天邊翻湧，機場人來人往，行色匆匆。

假期一晃眼就這麼過了，鄭書意一個人回到家裡，洗了個澡，簡單收拾了一下房間，天一亮，又是新的工作日。

收假回來的眾人一如既往地無精打采，都還沒從假期中回過神。

午飯後，鄭書意正準備趴著睡一下，許雨靈經過她的位子，突然問道：「書意，妳過年回不回婺城啊。」

鄭書意抬頭，目光中帶著一絲戒備一絲迷茫，「不回。」

「啊？」許雨靈問，「為什麼啊？」

鄭書意：「因為我不是婺城人。」

「……」許雨靈尷尬地笑了笑，面不改色地說：「原來是我搞錯了，婺城不是最出美女嘛，我一直以為妳是婺城人呢。」

說完，端著杯子施施然離開。

這一番操作，把一旁的孔楠震住了，「她說這麼多，就是為了拍一番馬屁？」

沒人理解許雨靈最近是怎麼了，只是她這一番話倒是提醒了鄭書意和孔楠一件事。

今年過年早，還有二十多天就要放春節了。

鄭書意立刻拿出手機看了看票，隨手便下了訂單。

只是付款的時候，她有些無奈地嘆了口氣。

正好身旁的人也在嘆氣。

鄭書意扭頭，和孔楠對視一眼。

「妳爸媽也催婚啊？」孔楠問。

一個眼神，兩人默契地再嘆了一口氣。

原本鄭書意這個年紀，完全沒想過會有催婚的煩惱，但偏偏她有個表妹，比她小兩歲，前年不知怎麼了突然墜入愛河無法自拔，結婚生子一連串操作在九個月內完成。

這一年，小寶寶牙牙學語，鄭書意的爸媽閒來無事逗孩子，越發喜歡，起了抱孫子的念頭，老兩口就跟變了個人似的，打電話都離不開結婚這個話題。

怕什麼來什麼，鄭書意剛訂了機票，爸媽那邊的電話就真的打來了。

有一股不太好的預感，鄭書意走到茶水間才接起電話，「喂，媽，怎麼了？」

『意意啊，今年什麼時候回家？』

鄭書意的媽媽是高中語文老師，說話永遠溫溫柔柔的，讓人覺得她從不發脾氣，只有親近的人才會感知到她語氣裡的態度。

比如現在，鄭書意就覺得她話裡有話。

「今年比較忙，可能會晚一點呢。」

『哦，這樣啊，那正好，妳晚點回家沒關係，就是我們校長的兒子，妳知道吧？小時候還見過面呢，他今年夏天剛留學回來，我昨天聽說他也在江城工作，我看你們兩個孩子在外地生活怪孤單的，不如改天見面敘敘舊，也好交個朋友。』

鄭書意的嘴角一下子垮了下來，「媽，這是相親的意思嗎？」

『妳怎麼這麼說呢？只是交交朋友。』

「媽，第一，我並不孤單，我很忙。第二，我有男朋友，再去認識異性他會生氣的。」

『行了，我還不知道妳嗎？』媽媽在電話那頭笑了笑，『每一次都說有男朋友，也沒見妳帶回來過，難不成醜得見不得人？那不可能的，妳眼光隨我，我知道。』

「不是，我真的有男朋友，媽。」

『那過年帶回家。』

「人家比較忙。」

『是嗎？幾歲？』

鄭書意下意識就說：「二十七。」

『家裡幹什麼的？』

「開銀行的。」

『那妳傳幾張照片來看看。』

鄭書意突然頓住，因為她才反應過來，自己剛剛的描述的對象是誰，愣了愣。

見她沉默，媽媽說道：『照片都沒有？妳這孩子就知道說謊。』

鄭書意連忙道：「等一下傳給妳，我這裡忙呢，先掛了。」

回到座位，鄭書意轉頭就忘了她媽媽的話，拉過抱枕趴下。

她爸媽上學的時候嚴防死守，成天恨不得鄭書意長青春痘，就怕她長這樣子被男生給禍害了。

上了大學，也叮囑要好好讀書，現在還不是談戀愛的時候。

結果畢業沒多久，就指望著她讓他們抱孫子了。

剛要睡著，手機一陣震動，她媽媽又連續傳來幾則訊息。

飼養員：『照片呢？』

飼養員：『來，給我看看。』

飼養員：『我瞧瞧有沒有我們校長兒子長得帥。』

鄭書意看著手機螢幕，突然想到什麼。

她登錄內部網路，直接找到上次銘豫銀行發表會的資料，從裡面下載了兩張無浮水印的時宴的照片。

高清的鏡頭拍下的時宴，神色嚴肅，卻自有一股矜貴氣質，攝人眼球，讓入鏡的其他人淪為背景。

鄭書意不知不覺把這兩張照片翻來覆去看了好幾遍。

突然覺得，就算不圖別的，光是色相，當個小舅媽也不虧。

她的嘴角不知不覺浮上笑意，把照片傳給媽媽。

鄭書意：『看看，看看。』

鄭書意：『這是妳女婿。』

傳過去後，對方好幾分鐘沒回應。

在鄭書意以為她媽媽被震住的時候，終於收到了回信。

媽媽傳了一張劉德華的照片。

飼養員：『知道這是誰嗎？』

鄭書意：『？』

飼養員：『這是妳繼父。』

很明顯，鄭書意的媽媽對她這番說辭持完全不相信的態度，而鄭書意又拿不出什麼強有力的證據。

其實真的要找個異性朋友幫忙糊弄一下也不是不行，但以鄭書意對爸媽的瞭解，這戲一旦演了，就要一直演下去。

若是要用無數個謊言來圓一個謊言，想想也是麻煩，那還是算了。

而鄭書意的媽媽是個說風就是雨的人，沒隔兩天，便把一切安排妥當了。

週三下午，鄭書意就收到她媽媽傳來的幾則訊息。

飼養員：『幫妳安排好了，就這週六下午六點，去見見人。』

飼養員：『找了個和你們工作地點折中的地方，就江城CBD那邊，廊橋餐廳。』

飼養員：『這家餐廳很貴，妳記得回請個好的，錢不夠跟媽媽說。』

飼養員：『我把帥哥的帳號給妳。』

鄭書意：『……』

鄭書意：『我不加！』

飼養員：『妳不加到時候怎麼接頭？』

鄭書意：『加了很尷尬，反正不加！』

飼養員：『也行，反正妳一到那裡，只管找最帥的那個就行了。』

鄭書意：『(傑尼龜冷笑.jpg)。』

飼養員：『妳知道一般人入不了媽媽的眼，但這孩子是真的不錯，比妳大幾歲，還在我們學校上學的時候就是風雲人物。』

飼養員：『從小就招女孩子喜歡，沒辦法，長得帥是這樣的。』

飼養員：『功課成績又特別好，人家一路讀到博士，又去遊學，很有想法的一個人。』

飼養員：『而且特別有禮貌，還孝順，自立自強。』

飼養員：『別看人家裡條件這麼好，但他上大學就開始自己養活自己了，多獨立自主的小夥子啊。』

鄭書意看訊息上面還在源源不斷現實「對方正在輸入」，連忙打斷她。

鄭書意：『知道了！我要開會了！』

飼養員：『好的，乖女兒相信媽媽的準沒錯，妳會喜歡這個男人的。』

飼養員：『(玫瑰)(玫瑰)(玫瑰)。』

飼養員：『(美好祝福送給您.gif)。』

開會是真的要開，鄭書意氣衝衝地拿著電腦站起來，並一把將手機反扣在桌面上。

孔楠被她這突如其來的脾氣嚇了一跳，邊走邊說：「怎麼了？」

「是禍躲不過啊躲不過。」鄭書意抿緊了唇角，搖頭道，「我媽動作真的快，已經幫我安排好這週六相親了。」

「這麼快！」孔楠聽笑了，「催婚我理解，可是妳怎麼看也不是需要相親的人吧？」

「什麼？」走在旁邊的秦時月本來在專注地玩手機，聽到這話，連忙問，「書意姐妳要相親？」

鄭書意沒說話，就是默認了。

秦時月：「可是，妳不是要……」

「我媽逼的。」鄭書意皺著眉說，「妳以為我想去啊？」

秦時月慌了：「那妳不去呀！我們不是說好週六我請妳做ＳＰＡ嗎？」

鄭書意欲言又止半晌，最後只說了一句話：「催婚的煩惱妳不懂。」

像鄭書意媽媽這種人，看似溫柔和藹，實則執拗得很，甚至還有些古板。

與其跟她硬碰硬，不如依著她的意思去唬弄唬弄。

只是開完會回來，鄭書意還是有些意難平。

下班回家的時候，她還連續收到幾次她媽媽的訊息，傳了幾張那個男生的照片給她。

其實人長得是挺不錯的，氣質乾淨，也戴著一副眼鏡，斯斯文文的樣子。

但與同樣戴眼鏡的「斯文」時宴所散發的氣質截然相反。

這個男生身上有一股謙遜溫和的氣質。

鄭書意隨意滑了滑螢幕，自動跳到了時宴的照片。

說起來，時宴那邊還沒搞定呢……

不過這個時候想起時宴，再聯想到相親，鄭書意突然靈光一閃，腦海裡出現一些韓劇畫面，裡逐漸有想法成型。

如果她告訴時宴，她被逼著去相親，不知道時宴會怎麼回答。

會不會像韓劇裡那樣，讓她不要去？又或者，暗自不爽？

不論是哪一種表現，都是他「在意」的證據

可是等鄭書意真的打開手機，打算找時宴的時候，理智說服了她。

以時宴的性格，可能會回她一個「加油」。

轉眼到了週六下午五點。

鄭書意在梳妝檯前坐了好一陣子，手裡拿著粉撲，卻半晌沒動。

她一方面自持形象，想著即便是被迫相親，也不能邋裡邋遢地去見面。

一方面又想，萬一打扮打扮，對方一見鍾情無法自拔了那可怎麼辦哦。

愁人。

鄭書意糾結了許久，最後還是化了個淡妝，穿了一套舊衣服出門。

約的地方在CBD，塞車是常事。

而鄭書意本就不是自願去的，便沒提前出門，沒想到還真的遲到了幾分鐘。

她走進餐廳，憑藉對照片的印象，一眼便看見了坐在窗邊的男人。

和照片上沒有差別，衣著簡單，安靜地坐在那裡，也沒玩手機，就著桌邊的書籍翻看。

鄭書意連忙走過去，「您就是喻遊喻先生吧？不好意思，路上塞車遲到了，實在不好意思。」

喻遊抬頭，平和地看了鄭書意一眼，「沒關係，我也剛到。」

見他這麼淡然，鄭書意反而有些不好意思。

喻遊：「妳先坐。」

落座後，席間氣氛就這麼沉了下來。

喻遊也莫名其妙地嘆了口氣，抬手叫了服務生，「先點菜吧。」

鄭書意說好。

其實喻遊這個人，雖然學富五車，但並非書呆子，算得上能言善道。

但這一場相親，前二十分鐘，基本都是喻遊在說，鄭書意在應聲，她從來沒有主動挑起話題。

直到菜上齊了，喻遊幫鄭書意添了一杯檸檬水，打量了她兩眼，直捷了當地問道：「妳是不是被家裡逼著來的？」

鄭書意：「……」

她心一橫，便直接承認了，「是，我媽非要我來。」

想不到喻遊卻釋然似的笑了一下，「其實我也是。」

聽到這話，同樣的，鄭書意也舒了口氣，「我才二十五歲，其實真的沒到那個時候。」

「嗯，妳還年輕。」喻遊說，「我已經快三十歲了，家裡很著急。不過我目前是完全沒有成家立業的想法，沒有那個精力，也沒有心思去經營一段感情，甚至婚姻。」

兩人一對上眼神，都露出了理解對方的表情。

與此同時，時家會客廳沙發上，不知誰放了一本前兩期的《財經週刊》。

時宴隨手拿起來，封面重點 Title 便是關向成。

他直接翻到那一頁，題記後寫著「鄭書意」三個字。

這篇採訪稿已經刊登許久，時宴卻一直沒時間看。

現在看見了，他隨手翻了翻，就沉了進去，連時光文跟他說話都沒聽見。

「時宴？」時文光敲了敲他手裡的雜誌，「你沒在聽我說話嗎？」

時宴闔上雜誌，「在看關叔叔的訪談，怎麼了？」

時文光問道：「聽說你最近在跟一個女演員交往？」

作為時宴的父親，其實時文光甚少過問他的私生活。

只是最近偶爾有聽說這樣的傳聞，還傳得有模有樣的，他自己又覺得這種事情與時宴平時作風不太像，便順勢問了一嘴。

時宴自己自然也是聽說過的，但他一直沒想過去追問到底是怎麼傳出這種莫名其妙的緋聞，也不想費那些個精力去管這些捕風捉影的事情。

但這一刻，他莫名有些在意。

「誰說的？」

「人云亦云的東西，找不到源頭，」時文光說，「你只說是不是？」

「不是。」時宴說隨口就答了。

但說完，他想到什麼，又說：「只是表演欲有點強，說是演員都侮辱了這個職業。」

話題點到為止，更具體的，時光文也不過問了。

恰好這時候秦時月來了，時文光的注意力轉移，時宴便繼續翻開雜誌。

不等秦時月進門，時文光就問：「今天怎麼來了？」

都說隔代親，這個習性幾乎適用於任何老人家。

就連向來不苟言笑的時文光，面對這個小外孫女，也會多幾分溫情。

因此在外公面前，秦時月有人撐腰，恃寵生嬌了，也就沒那麼怕時宴。

她把包隨意一丟，蹬掉鞋子，踩著一雙拖鞋走過來。

時文光讓她坐自己身旁，側頭問：「不是說要跟妳的上司去圖書館嗎？」

「我被放鴿子啦。」秦時月彎腰揉腿，「她去相親了。」

說完，秦時月就嘰嘰喳喳地說起其他事情，做飯的阿姨過來問他們想吃什麼，顯得整個會客廳都鬧哄哄的。

沒人注意到時宴倏然抬頭，看了秦時月一眼，隨後闔上了手裡的雜誌。

「嗯，人家比妳大兩、三歲，也開始相親了，而妳呢？」時文光笑道，「連畢業都成問題。」

戳到這個痛點，秦時月心虛地看了時宴一眼。

見他低頭看著手機，沒什麼反應，這才放了心。

「那我現在要是立刻說我想嫁人，您也不會同意呀。」秦時月嘀咕道，「而且我們這種人家，結婚更是要慎重，又不是說相個親就完事了。」

她想到什麼，突然又問：「外公，你還記得那個陶寧姐吧？」

時文光點了點頭，「聽說她最近在離婚。」

「是啊！」秦時月一拍大腿，激動了起來，「前年她不是閃婚嗎？非要跟她那個保鏢結婚，就跟被人下了降頭一樣，誰勸都沒辦法，連婚前協議都沒簽。」

「這下好了，」秦時月喝了口水，繼續同仇敵愾，「離婚還要分出去一大筆財產，聽說那男的還嫌少了，最近在打官司呢。我前幾天碰見了陶寧姐，人都憔悴了好多，才剛三十歲呢，看起來就跟四十歲一樣。」

時文光對這個話題不感興趣，心思已然不在，秦時月卻毫無察覺，還在自說自話：「這就是教訓啊，當初大家都說那保鏢動機不純，她不信，還說別人想太多，看吧，現在被騙財又騙色了吧！」

剛說完，秦時月的頭被一本雜誌不輕不重地敲了一下。

「幹什麼啊舅舅？」

時宴冷冷看著她，「別人家的閒話少說。」

自從雙方坦白後，這頓飯吃得便舒服多了。

喻遊不提感情事，只跟鄭書意聊自己這幾年的遊學經歷。

由於職業習慣，鄭書意是個非常好的傾聽者，會在合適的時候接上話，彷彿只是一眨眼，就過去了兩小時。

飯後，喻遊送鄭書意回家也是自然的事情。

回去的路上，喻遊開著車，說道：「妳是單身很久嗎？」

鄭書意輕聲道：「嗯，算是很久吧。」

她心裡已經把岳星洲這個人撇除在外了。

喻遊笑了笑，側頭看她，「可是妳應該不缺追求者吧，是不是心裡住了一個不可能的人？」

鄭書意覺得，他這話說的也有道理，「算是吧。」

一路上，兩人又達成了一個共識。

反正家裡都要催，不如兩人都先應付著家裡，說在接觸，要多瞭解，這樣就可以避免家裡再繼續安排新的相親對象。

車停在社區門口後，喻遊還跟她加了個聊天好友。

「我其實年後就要去美國遊學了，到時候我們就說覺得更適合做朋友，可以吧？」

「當然可以。」加了好友，鄭書意解了安全帶下車，笑著跟他揮了揮手，「路上注意安全。」

喻遊跟她比了個「ＯＫ」，剛開出去幾公尺，又停下來，頭探出車窗，說道：「我覺得我們下週還要見面。」

鄭書意給他一個「懂了」的眼神，「沒問題。」

目送喻遊的車開走後，鄭書意才轉身往社區內走去。

已經下了小雨，鄭書意害怕雨勢變大，便加快了腳步。

然而沒走兩步，一聲「鄭書意」，被她敏銳地聽到，並停下了腳步。

但她有些不確定，因為這個聲音，好像是時宴的。

她緩緩轉身。

社區外的小攤販依然活躍著，支棱起來的小燈沒有秩序，透著亂七八糟的光亮，回家的人們走來走去買吃的，小孩子也穿著笨重的羽絨服到處亂躥。

時宴站在路邊，路燈將他的面容照得清晰無二。

他這個人的出現，與眼下這幅街景的畫風不符，讓鄭書意一度以為自己看錯了。

可他又確確實實站在這裡。

身後濃厚樹蔭下停著他的車，不知停了多久，引擎蓋上幾乎沒有雨滴。

鄭書意在夜色下虛虛地看著時宴，第一時間湧上心頭的反應竟然是一股心虛感。

該不會相親被他碰見了吧？

她眼睜睜看著時宴朝她走來，倏地往後退了一步。

等他走近了，鄭書意才發現，他的臉色不太好，眼裡甚至有些怒意。

就在時宴步步逼近時，一個小孩子突然躥出來，撞了時宴一下。

「啊！叔叔，對不起！」

時宴下意識低頭看了小孩子一眼，再抬眼時，看見鄭書意後退的動作，他的腳步頓住。

那雙眼睛，緊緊地盯著鄭書意。

「你、你……」鄭書意緊張到不行，連戲都飆不出來，「你怎麼來了？」

我怎麼來了？

時宴也想問。

明知道她別有目的，所做的一切都是演戲，可他還是來了。

他直勾勾地看著鄭書意，耳邊的喧鬧聲忽然飄得很遠。

鄭書意被他看得害怕，不打自招，「剛剛那個是我媽上司的兒子，我們小時候就認識的。」

時宴沒說話。

他根本沒聽鄭書意在解釋什麼，他只是看著鄭書意那雙眼睛，眸子亮晶晶的，卻又時刻充滿了小心思，不停地轉動，甚至都不敢跟他對視。

也就是這個瞬間，他好像突然釋懷了。

抱有目的又怎樣？無非就是騙財騙色。

騙財的話，她玩得過他？

若是騙色——

時宴上前一步，路燈投下的陰影籠罩在他和鄭書意身上，彷彿這個小世界只為他們獨存。

鄭書意越發緊張，連耳根都燙了。

她緩緩抬起頭，臉頰爬上緋紅，睫毛忽抬忽垂，搧得讓人想用掌心蒙住那動來動去的眼睛。

時宴看著她，嘴角慢慢噙起一絲難以察覺的笑意。

騙色的話，誰吃虧還不一定呢。

第十六章　在辦公室裡

他怎麼，又笑了？

鄭書意無意間瞥見他的神情，感覺自己像被他的眼神扒了一層衣服，什麼心思都展露無遺。

「嗯？」時宴看著她，抬了抬眉稍，「老朋友敘舊，是嗎？」

鄭書意心虛地摸了摸鼻尖，乾巴巴地承認：「是啊。」

時宴慢悠悠地點著頭，聲調拉得很輕，「我還以為是去相親了。」

果然。

他這個人怎麼回事，連這點貓膩都看得出來。

而且鄭書意感覺，他好像有點生氣。

「相什麼親呢？我怎麼可能相親，你簡直在開玩笑。」鄭書意又說：「你看這不是週末嗎？我就跟老朋友敘敘舊這樣。」

時宴沒接話，盯著她看，似乎在等她說實話。

好一陣子過去，對面的人只動眼珠子，卻不動嘴。

「敘舊。」時宴漫不經心地說道，語氣冷冰冰的，「那妳是挺閒的。」

「……」

他說這話的那一瞬間，鄭書意是真的也挺生氣的。

要是換別人說，她就直接扭頭不理人了。

可是說這話的是人時宴。

時宴是什麼人呢？

是個永遠不會正常說話的人。

要把他的話反過來理解。

所以轉念一想，那股火藥味在鄭書意心裡就變得酸溜溜的了。

他就是不高興了，就是吃醋了。

思及此，鄭書意抬起頭，想笑，又忍住，只能順著他的話說下去：「是挺閒，我又沒有人陪。」

她看著時宴，細碎又倏忽的燈光綴在她眸子裡，盈盈閃動，像在說話。

鄭書意確實想透過眼神傳達她的意思。

可是這時，她的手機卻沒有眼色地響了起來，打破這一刻的氣氛。

鈴聲接連響了好一陣子。

時宴垂睫，看了鄭書意握在手裡的手機一眼，這才別過臉，了無情緒地看著路燈，生硬地吐出一個字，「接。」

電話其實是鄭書意辦卡的一家美容院打來的。

『鄭書意女士，晚上好，這邊是曼卡麗娜美容中心，現在有週年酬賓活動，為了回饋老客戶，特別推出童顏水凝會員免費體驗活動，體驗最新中胚層療法。』

鄭書意「嗯嗯」了兩聲，那邊又問：『不知道明天您有沒有時間過來體驗一下呢？』

「明天啊……」鄭書意抬眼看著時宴，直到他視線轉過來了，才說，「明天我沒什麼事，反正閒著也是閒著，應該有空的吧。」

『嗯嗯，好的，那這邊我先幫您預約一下。』

掛了電話，鄭書意撓了撓額角，正要說話，時宴突然開口道：「銘豫雲創的ＩＰＯ深度挖掘做完了？」

鄭書意：「嗯？」

時宴：「既然這麼閒，明天來雲創加班。」

鄭書意：「……」

不是，我想暗示你跟我約會，你卻叫我加班？

直到回家換了身衣服，鄭書意才勉強接受自己明天還要去加班這個現實。

加班就加班吧，說不定是那種紅袖添香的場景呢？

時宴在那裡看書，做事，她在旁邊幫忙泡杯咖啡說說話調調情什麼的。

正想著，鄭書意的媽媽就打電話來了。

『意意啊，今天聊得怎麼樣？覺得喻遊人怎麼樣？』

「……」鄭書意沉默了一陣子，才把自己從時宴的騷操作裡抽離出來，「還可以吧。」

『還可以？』媽媽不樂意了，『意意啊，媽媽常教妳知足常樂不是沒有道理的。我知道你們這個年紀的女孩子，動不動就把網路上那些明星什麼的想像成自己老公，花錢花心思，最後沉迷進去，看不上自己身邊的男生，白白錯過了很多姻緣，妳說這可不可惜？』

「媽，我只是說了還可以而已，」鄭書意面無表情地開了擴音，朝梳妝檯走去，「我又沒說他不好，妳急什麼？」

『媽媽沒急，媽媽跟妳談心呢，怕妳產生什麼虛無縹緲的想法。』

「我也沒幻想過劉德華是我老公。」

『那肯定不行的，那叫亂倫。』

「……」鄭書意：「我要洗澡呢，沒什麼事先掛了。」

『等等啊，』媽媽攔住她掛電話，『我剛剛也跟我們校長溝通了一下，喻遊那邊也說可以跟妳進一步瞭解瞭解，我看這樣吧，下週你們再見個面？也別光是吃飯了，去看看電影什麼的？』

「再說吧再說吧，我要卸妝了。」

掛了電話，鄭書意看著鏡子裡的自己，突然覺得今天的淡妝好素，怪不得時宴只叫她加班。

於是第二天，鄭書意特地早起，仔仔細細地打扮了一番。

只是挑衣服的時候，一面想著工作不好穿得太張揚，一面又想著時宴喜歡紅色的。

糾結了許久，她還是隱隱抱有希望——時宴不可能是真的叫她去工作，他就是想跟她待在一起。

這麼想著，鄭書意便心安理得地在大衣裡套了件紅裙子，踩上了細高跟鞋。

可是一到銘豫雲創辦公大樓，鄭書意卻有一種隱隱約約的不祥預感。

對於這種金融科技公司，她知道加班嚴重，但沒想到，竟然會嚴重成這樣？

一樓接待大廳人來人往，戴著員工證的員工們行色匆匆，手裡抱著資料，偶爾還會掉落一疊，蹲下來撿起後又忙不迭進電梯。

這場景看得鄭書意差點以為她記錯了日子，這不是週末，而是週三。

有那麼一刻，她開始後悔自己今天打扮得花枝招展。

可是人都來了，能怎麼辦呢？難不成還要回去換一身衣服？

於是鄭書意也不管偶爾有人投來的目光，大步流星地走向電梯間。

等電梯的時候，她傳了訊息給時宴。

鄭書意：『我到了。』

時宴：『嗯。』

鄭書意：『唉，沒想到大週末的，我居然要來陪你加班。』

時宴的回覆很簡單明瞭。

時宴：『還委屈妳了？』

時宴：『先去八樓找邱總拿資料，然後來十二樓。』

還真把我當跑腿的了？你自己沒祕書嗎？

鄭書意雖然嘴上哼哼唧唧，但也乖乖進了電梯。

爬升幾秒後，電梯在二樓停下。

鄭書意本在低頭看手機，面前的門緩緩打開，隱隱傳來一道有些耳熟的聲音。

「好的，回頭我跟邱總說一聲，您這邊放心，我記上了，不會忘，先去人事處幫你打個招呼。」

秦樂之就站在電梯口，身後一個男的諂媚地一路相送。

直到秦樂之轉頭看見電梯裡的鄭書意，瞬間愣住。

那男的只是看鄭書意一眼，也沒多想，在跟秦樂之連連道謝後轉身走了。

鄭書意和秦樂之視線一相接，四周的空間似乎被什麼東西充滿了，擠得兩人站在狹小的電梯裡，卻一動也不動。

秦樂之不動聲色地打量了鄭書意的穿著打扮，又看了她按的樓層一眼。

八樓，財務總監辦公室。

那一瞬間，秦樂之心裡某個想法被印證。

距離上次她被邱福罵，已經過去一週了。

可是她始終咽不下這口氣。

倒不是因為扣了這個月的績效，單純地就是不服氣自己因為鄭書意挨罵。

從那一天起，她就在想，為什麼邱福這麼護著她。

甚至還在下班後的半個小時，又匆匆趕回來見她，在辦公室裡一聊，就是三個小時。

秦樂之並非初入社會，她比鄭書意都還要大兩歲。

畢業工作了五年，又一直在管理層圈子裡摸索，她見過太多是是非非了。

像現在的情況，在她眼裡再正常不過。

想到這裡，秦樂之收回自己的目光，只直直地盯著電梯門。

原本秦樂之已經沒想別的了，可是看見光滑的鏡面反射著兩人的身影。

鄭書意站在那裡，也不知道在想什麼，神情淡淡的。

可那來自最膚淺的危機感，還是慢慢席捲了秦樂之。

在她這些年所見過的金錢關係中，得利最少的人，不論男女，都用短暫的青春換取了普通人一輩子不可期望的財富。

而真正算得上得利大的卻是那些獲得了人脈資源的人，身分、地位接踵而來，金錢利益反而排在其後。

秦樂之無法想像，如果鄭書意真的靠邱福一朝飛上枝頭，岳星洲會作何想，她在這段感情裡的地位會不會受到威脅。

而且人與人之間一旦成為情敵，其他方面自然而然也變得敵對。

即便不考慮岳星洲，她也不想鄭書意有一天真的高高在上地站在她面前。

因而，電梯停靠在七樓人事處時，秦樂之沒急著出去。

她朝前一步，踩著電梯沿，回頭道：「鄭小姐，雖然我不知道妳大週末的來我們公司有什麼事情，但是我想提醒妳一句。」

鄭書意抬頭，挑了挑眉毛。

秦樂之：「邱總的妻子是個自媒體運營公司的副總，如果她的婚姻遇到什麼可恥的事情，以她的能力，想把事情鬧得滿城風雨只是一句話的事情。」

鄭書意足足愣了三秒，才反應過來她這話是什麼意思。

倒不是她反應慢，而是她實在無法將說這句話的人和秦樂之對應在一起。

隨即，鄭書意笑得五官都扭曲了。

若不是考慮這裡是公共場合，她甚至想在地上打個滾。

「妳在提醒我？」鄭書意曲著食指，擦了擦眼角，「怎麼，您金盆洗手了？」

秦樂之：「……」

「金盆洗手」四個字殺傷力太大，直戳秦樂之的脊樑骨。

此刻又是在公司，秦樂之怕鄭書意說出什麼流言蜚語，便收了腿，沉著臉掉頭就走。

由秦樂之帶來的喜劇效果僅僅維持到鄭書意走進邱福辦公室後的五分鐘。

因為她看見，邱福為她準備的資料足足有……半公尺高？

見她愣著，邱福還笑著說：「這些都是妳可以參考的公開資料，如果不夠，回頭我再讓人幫妳準備一下。」

鄭書意扯了一個乾笑，「夠了，夠夠的了。」

她以為時宴要跟她來個辦公室約會，沒想到那男人還真的是讓她來加班的？

抱著一大疊資料去了十二樓，鄭書意不顧其他人的目光，直接走進時宴的辦公室。

她的手痠到不行，那男人卻坐在辦公桌後悠閒地端著一杯咖啡。

見她來了，只是指了指一旁的沙發，意思是讓她去那裡工作。

鄭書意把東西往沙發前的桌上一擺，隨意翻了翻，差點沒暈過去。

光是近三年的財務報表就夠她喝一壺的。

家大業大至此，倒也不必。

大概是這疊資料給鄭書意的衝擊太大，她覺得自己這個週末還真要交代在這裡面，便埋頭啃了起來。

辦公室裡除了偶爾的鍵盤聲，安靜得連窗外的鳴笛聲都清晰可聞。

時宴坐在桌後，天邊的陽光恰巧折射過桌面，在地面上投射出一片幾何形。

他尋著光影，往沙發那處看了一眼。

鄭書意埋頭在堆成山的資料中，時不時敲一下鍵盤，有時拿起筆寫寫畫畫，眉頭忽皺忽舒，偶爾嘴裡還念念有詞兩句。

三個小時就這樣轉瞬即逝。

辦公室的安靜突然被門鈴聲打破，隨即有高跟鞋踏進來的聲音。

鄭書意眉頭一簇，下意識覺得是秦樂之進來了。

可她一抬頭，卻發現是一個陌生的中年女人。

女人放了一疊資料在時宴桌上，跟他低語幾句便目不斜視地走了出去。

此刻已經快中午十二點。

經過那麼一打岔，鄭書意無法再專心，腦海裡又出現秦樂之的臉。

剛剛沒細想，這時才覺得，連秦樂之這樣的身分也要加班？

想到這裡，她便忍不住往時宴那邊瞟了幾眼。

正琢磨著怎麼開口時，時宴突然問：「餓了？」

鄭書意：？

「沒啊。」她摸了摸臉，感覺自己今天的臉色還挺正常的。

時宴：「那妳一直看我？」

鄭書意：「……」

本來鄭書意沒想別的，被這麼一說，她還真的明目張膽地盯著時宴看。

秀色可餐四個字，倒也配得上他。

「看你怎麼了。」鄭書意嘟囔，「你不看我怎麼知道我在看你。」

鄭書意已經習慣了這麼故意挑逗，而這一次，時宴卻沒否認。

他看著鄭書意，鏡片後的眼睛被陽光照成了淺淡的琥珀色。

他的目光直接，穿透光影而來，讓四周的空氣變得稀薄。

鄭書意突然有些呼吸不穩。

她移開眼，拿起筆尖撓了撓頭髮，突兀地開口道：「上次好像聽你說，你有個外甥女？」

時宴收回目光，抬手鬆了鬆領帶，「嗯」了一聲，隨後闔上了電腦。

鄭書意努力做出一副不經意的口氣，「那你的外甥女應該很幸福吧，每天吃吃喝喝，不用工作吧？」

「誰說她不用工作？」時宴朝這邊走過來，腳步輕緩。

「哦？千金大小姐也要工作嗎？我以為直接當老闆。」

「她沒有那個能力，能把一份基層工作做好已經是奢望。」

「哦……這樣啊……」鄭書意好像懂了，「那你還真是教導有方。」

她一回頭，時宴不知什麼時候坐到她身旁。

他的領帶半鬆著，胸前扣子也解了一顆，就那麼隨性地靠在沙發上。

兩人衣服下擺相接，鄭書意一動，便發出窸窸窣窣的聲音。

在鄭書意倏然愣住的時候，時宴抬手摘了眼鏡，側頭看了過來。

沒了鏡框的遮擋，那雙眼睛更顯深邃。

鄭書意曾聽說過，眉眼深邃的男人天生深情。

以至於此刻她和時宴對視的這一刻，看著他的眼睛，她的心裡會莫名冒出一股基於心虛和慚愧交融的惶恐感。

「妳躲什麼？」時宴抬手掰過她的下巴，「不讓我看回來？」

「哦……」

下巴傳來他指腹的溫熱，從那一小處蔓延至整張臉。

兩人靠得極近，連呼吸都交纏在一起，鄭書意的聲音也越來越小，「我怕你沉迷我的美色無法自拔。」

「我沉迷，妳怕什麼？」

「……」

「怕我吃了妳？」

時宴話音落下的那一刻，鄭書意愣了一瞬間。

偏偏時宴的臉近在咫尺，氣息纏繞在她身旁，某種難以言喻的東西把這寬敞的辦公室充盈得滿滿當當。

慢慢的，鄭書意腦子裡的畫面開始朝不可描述的方向一去不復返。

八匹馬都拉不住。

心理活動的變化，也無法遏制地展現在臉上。

具體表現就是，鄭書意臉紅到發燙了。

她自然也能感覺到肌膚帶來的灼熱感，就連呼吸都變成了熱浪。

可她潛意識裡覺得，這個時候不能慌。

盯著時宴看了半晌，鄭書意終於眨眨眼睛，一個字一個字吐出來，「哇——哦——」

時宴：「……」

鄭書意：「好期待哦。」

時宴：「……」

明明臉已經紅成富士蘋果了，還強逼著自己說出這種話來撐場面。

也不知道到底是圖什麼。

時宴頓時覺得有些好笑，他指腹一動，捏了捏鄭書意的下巴，「還害不害臊了？」

鄭書意：「……」

時宴鬆了手，慢悠悠地坐直，戴上眼鏡。

鄭書意摸了摸還有些酥癢感的下巴，小聲嘀咕：「還不是你自己先說的。」

「嗯？」時宴手臂伸直，搭在沙發上，半歪著頭看她，「我說的話妳都聽嗎？」

「聽啊……」鄭書意順嘴接下去，「您說什麼我不聽呢，這不是叫我來加班我就來了嗎？」

身旁的人再次靠近，卻不像之前那樣呼吸交纏一般的近，他俯身，手臂正好繞過鄭書意後背，「那我現在還真的有點餓了。」

鄭書意：！

她雙眼睜大，看了看四周，結結巴巴地說：「大白天的……這是辦公室……不太好吧？」

「有什麼不好？食色，性也。」時宴又湊近了一點，「誰規定白天，在辦公室，就不行？」

鄭書意的手指瞬間摳緊了沙發，「你這麼說，那我就有急事要去一趟洗手間了。」

「洗手間？」時宴瞇了瞇眼，「妳有這癖好？」

鄭書意腦子裡嗡嗡一陣，開始天人交戰。

一步到位，是不是太快了點？

不過她瞧時宴這色相，自己好像怎麼也不虧，就是這場景著實刺激了些。

原來小說裡寫的辦公室paly不是杜撰，總裁圈子裡就好這一味。

看見鄭書意眼神定焦在半空中，果然開始發散思緒了，時宴終於收了那股要逗她的意思，手背抵著半彎的唇角起身，朝自己的辦公桌走去，「把妳面前的東西收拾好，吃飯了。」

鄭書意：「啊？」

「啊什麼啊？」時宴靠在桌邊，居高臨下地睥睨坐著的鄭書意，「你們公司不允許白天在辦公室吃飯？」

鄭書意：「……」

愣了半晌，她乾笑兩聲，帶著點惱意，把面前的資料推開。

「我們公司制度比較嚴明，還真的不准在座位吃飯。」

沒幾分鐘，門鈴聲果然響起。

有人送進來兩個正正方方的餐盒，並且俐落地擺在會客桌上。

鄭書意看著那些一樣樣擺出來的飯菜，眉眼垂了下來。

加班、資料、工作餐。

還真是充實的一天呢。

桌旁還擺著一大堆資料，鄭書意估算了一下，工作量不小，所以便多吃了幾口。

坐著吃的時候不覺得，飯後站起來去他辦公室裡的洗手間漱口時，鄭書意才感覺到胃有些撐。

出來正想著怎麼消化一下，時宴起身道：「我去開會，妳自己待著。」

他說完便直接往辦公室大門走，剛要跨出去，突然想到什麼，回頭看著正慢慢踱步的鄭書意，說道：「妳飯後習慣吃小蛋糕嗎？」

鄭書意：「嗯？」

時宴：「想吃的話……」

鄭書意反應過來，面無表情地說：「不吃。」

時宴笑了笑，沒說什麼，走出去後，辦公室的門自動闔上。

而鄭書意看著那扇門，好半晌，才緩緩收回目光，渾身一鬆，癱坐到了沙發上，拿出手機傳訊息給畢若珊。

鄭書意：『我覺得現在事情的走向好像跟我想像中不一樣。』

畢若珊：『怎麼了？』

鄭書意：『我好像已經偏離了小舅媽的軌道，正朝著炮友的方向狂奔。』

畢若珊傳了語音過來，驚訝地說：『你們這麼快就上床了？』

鄭書意：『？』

鄭書意：『想什麼呢。』

鄭書意：『但我覺得他……』

她斷斷續續地打字，沒什麼邏輯，也沒組織語言，亂七八糟地把今天在辦公室發生的事情說了，也不知道畢若珊能不能看懂。

這時候畢若珊應該也在忙工作，一時間沒有回。

鄭書意等了一下，飯後的睏意上來，便抓了一個抱枕，靠著沙發打算小睡一下。

辦公室裡的暖氣開得很足，沒多久鄭書意便睡了過去。

才不過兩點，太陽便被雲層慢慢遮住。

窗簾投下的陰影正好晃在鄭書意臉上，帶來幾絲涼意，不知不覺中，時間在睡眠中悄然流逝。

時宴從會議室出來，邱福帶著兩個中層管理跟在時宴身後，拿著資料夾，準備去他的辦公室開個小會。

門一開打，入眼卻見一個女人半倚在沙發上，睡得很熟。

他們之所以一眼就看見這一抹風景，是因為女人穿著一件紅裙子，在這冰冷色調的辦公室裡太過於顯眼。

與周遭環境更格格不入的的是她隨意交疊垂在沙發邊的雙腿，露出一截纖細的腳踝，以及高跟鞋未包裹住的腳背。

辦公室門口的氣氛有一瞬間的難以名狀。

幾乎是剎那的思忖，邱福本著非禮勿視的態度立刻扭開了臉。

另外兩個中層管理也隨即九十度轉身。

一轉身發現兩個中年大男人面對面，又立刻一百八十度轉身看看公司的風景。

時宴看了他們一眼，很是瞧不上他們這一股慌張勁。

「稍等。」隨後才不慌不忙地走進去，並關上了門。

邱福：「……」

你不慌你關什麼門？

時宴進來的腳步輕，踩著沙發旁的地毯，低頭看了鄭書意一眼。

她身子半歪著，擺了個奇奇怪怪地角度把頭托著。

剛睡著的時候不覺得，要是醒來，就算脖子不斷，腰也會僵個半天。

時宴半蹲下，手臂繞過她的後背和腿彎，輕輕一推，便讓她安安穩穩地躺在沙發上。

小小的動作還是打擾到鄭書意了。

她皺了皺眉，沒睜眼睛，扭了扭脖子，找了個更舒服的位置繼續睡。

幾分鐘後，她才漸漸意識到自己好像被人動過。

睜開眼的那一瞬間，面前卻什麼都沒有，只有綠植的葉子輕微晃動。

鄭書意有些茫然，慢慢坐起來，環顧四周，終於確定是自己出現幻覺。

意識還有些渙散，鄭書意看了手機螢幕一眼，正正好下午三點，她竟然一不注意就睡了一個多小時。

手機裡還有幾則未讀的畢若珊傳來的語音訊息。

午睡過後，反而更疲憊，鄭書意連呼吸都變緩，懶懶地靠在沙發上，點開這幾則語音。

畢若珊的聲音在這安靜的辦公室裡顯得特別清晰響亮。

畢若珊：『其實我早就想說了。』

畢若珊：『我覺得，就算不圖那什麼，光圖這個人，妳也不虧的。』

畢若珊：『豈止不虧，簡直賺翻了好嗎！』

畢若珊：『姐妹加油，我真誠地盼妳嫁入豪門暴富。』

直到最後一則語音播放到一半，鄭書意終於想起這是在時宴的辦公室。

就算他人不在，放出這個也怪怪的，於是連忙掐斷了語音。

與此同時，辦公室裡響起一陣潺潺水聲。

鄭書意的心一下子提到了嗓子眼，幾乎是反射性地朝旁邊的洗手間看去，同時屏住呼吸。

一秒、兩秒、三秒……

片刻後，水聲停止，門被從裡面打開，時宴拿著紙巾，一邊擦手，一邊走出來。

果然是他。

鄭書意提到嗓子眼的心重重地墜了下去，又彈起來，跳得飛快。

她就這麼看著時宴擦了手，走到辦公桌後，扔掉紙巾，才轉過身。

「睡醒了？」

鄭書意愣怔片刻，點點頭：「你怎麼在這裡？」

時宴一副覺得好笑的樣子，「這是我的辦公室還是妳的辦公室？」

鄭書意的話卡在喉嚨，一個字都吐不出。

半晌，她才喃喃說道：「你剛剛……」

「洗了個手。」時宴問，「怎麼了？」

見他的神色十分正常，鄭書意也慢慢恢復了平靜。

洗手間的門關著，他應該什麼都沒聽見。

「沒什麼，只是嚇了一跳。」

「哦，」時宴邁步走過來，直勾勾地看著她，「以前怎麼沒發現妳的膽子這麼小？」

鄭書意抿了抿唇角，一時不知道說什麼。

直到時宴指了指桌上的資料，「把我辦公室當酒店了，不幹正事？」

「哦。」鄭書意立刻打開一本財務報表。

等到時宴走出辦公室，她才鬆了一口氣，拿出手機找畢若珊。

鄭書意：『嚇死我了！』

鄭書意：『妳剛剛說的話差點就被時宴聽見了！』

辦公室的門打開，時宴走出來後，又自動闔上。

他的腳步沒停留，直接朝前方走去，冷冷地丟下一句話，「去三號會議室。」

邱福不明白地看了他一眼，身後兩個下屬也面面相覷。

前前後後不過幾分鐘，怎麼這人的情緒就轉了一個大彎？

想到接下來還有單獨的會議，幾個人都緊張了起來。

時宴這一場小會開了兩個小時，回到辦公室時，桌上的資料擺得整整齊齊的，顯然已經過了一遍。

而鄭書意站在窗邊，正在接電話。

「週六嗎？應該還好，年底了也沒什麼加班的。」

「兩天周邊遊啊，可以是可以，不過我要戴上電腦，說不定突然有工作。」

電話那頭的人是鄭書意曾經在報社實習是認識的女孩子，兩人那時關係就不錯，雖然現在各自在不同的公司任職，但聯絡一直沒斷過。

這週她本來打算跟男朋友去周邊玩，但是對方突然有事放了她鴿子，但她民宿都訂好了，門票什麼的也買了，不想就這麼錯過，所以打電話問鄭書意要不要跟她一起去玩。

鄭書意聽她說了一陣子，點頭道：「嗯嗯，我明天去公司開了例會確定了有沒有什麼重要的事情再答覆妳呀。」

剛說完，身後突然響起時宴的聲音。

「妳有事？」

鄭書意：？

她倏地回頭，看見時宴就站在離她不遠的地方。

帶著一絲慌張，鄭書意跟電話那頭說：「我現在有點事，先掛了。」

隨後才問時宴：「什麼？」

時宴經過她身邊時，瞥了她握得緊緊的手機一眼，說道：「下週五到週日，撫城舉辦克倫徹高峰論壇，妳不去嗎？」

克倫徹高峰論壇，源起西方，屆時行業大佬雲集，風雲際會，是業界一年一度的盛事，鄭書意當然十分想去。

只是今年只有電視臺記者擁有入場資格。

鄭書意如實說道：「我沒入場資格的。」

時宴：「那妳現在有了。」

鄭書意：？

見她懵懂的樣子，時宴一步步走來，逼至她面前。

「妳不想去？想去跟妳那什麼老朋友周邊遊？」

「不是，我……」

「妳去不去？」時宴緊緊盯著她，試圖從她眼裡捕捉到一些情緒，「克倫徹論壇對妳都沒有吸引力了嗎？」

鄭書意很認真地想了一下，隨後，眼裡迸發出期待與喜悅。

克倫徹論壇對她當然有一定吸引力，但更大的吸引力是——

「那我是全程跟著你嗎？」

時宴沒有立刻接話，細細地打量著鄭書意，帶著一絲探究。

看得鄭書意一陣害怕。

許久，他才收斂目光，嘆了一口氣，卻又說道：「嗯，全程，包括吃住，妳看怎麼樣？」

第十七章　睡吧

週四下午。

畢若珊：『決定要去了？』

鄭書意：『去啊，克倫徹論壇，換妳妳去不去？』

畢若珊：『換我我當然去！』

畢若珊：『不過你們是真的去參加會議還是去約會？』

鄭書意：『（咧嘴）（咧嘴）。』

其實時宴提出克倫徹論壇的當天晚上，鄭書意便決定要去了，只是到了今天才有空跟畢若珊說起來。

至於同吃同住什麼的，鄭書意知道這無非是時宴順嘴那麼一逗她。

鄭書意還不至於當真以為他要怎麼樣，那可是克倫徹論壇。

跟畢若珊說完，鄭書意便收拾收拾桌面，去唐亦辦公室打個招呼。

「克倫徹論壇？」唐亦驚得手裡的筆都沒拿穩，「妳要去？妳怎麼去？今年我們沒有名額啊。」

鄭書意摸了摸鼻子，小聲說：「時宴帶我去。」

「時宴？」唐亦手裡的筆直接掉到桌下了，「他帶妳去？」

鄭書意點點頭：「對啊，就是妳聽到的這樣。」

唐亦帶著怪異的目光把鄭書意從頭打量到腳，又從腳打量到頭，看得鄭書意心裡毛毛的。

「那……妳去吧……」唐亦跟她揮揮手，可真等鄭書意掉頭了，她又叫住她，「等等，時宴為什麼帶妳去？妳跟他什麼關係啊？」

鄭書意回頭，見唐亦兩根食指對了對，「那種關係嗎？」

這動作還挺萌的，逗得鄭書意噗嗤一下笑出來，「妳想問就好好問，做什麼小動作？」

唐亦收了手，嚴肅地說：「所以是嗎？」

鄭書意嘆了口氣，抿著嘴，小幅度地搖頭。

想說「還不是」，結果她還沒開口，唐亦就說：「嗐，我就說怎麼可能嘛。」

鄭書意：「……」

唐亦揮揮手：「好了，那妳去吧，記得走個流程審批請假。」

距離下班還有半個小時，鄭書意便關了電腦，收拾收拾東西準備回家。

「妳去哪啊？」孔楠看了一眼時間，「有任務？」

孔楠問的時候，秦時月也抬頭看了過來，一股也想要提前下班的躍躍欲試從她眼裡冒了出來。

「妳不能早退。」鄭書意指了指她的額頭，再回頭跟孔楠說話，「我有點事，請一天假。」

孔楠順嘴就問：「什麼事啊？」

辦公區的格子一個挨著一個，鄭書意並不想張揚這事，便隨口說道：「我爸放假了，過來看我，我陪他玩幾天。」

本來這幾天也不是很忙，孔楠便沒多想。

鄭書意趕在高峰期前搭車回家，簡單吃了個晚飯，然後收拾這幾天出行的行李。

由於時間不長，鄭書意翻了一個二十吋的小行李箱出來，裝了兩身換洗衣物以及日用品，便傳訊息給時宴。

鄭書意：『我準備好啦！』

鄭書意：『我們什麼時候出發？』

時宴：『下樓，司機去接妳。』

鄭書意立刻拉著行李箱出門。

還沒走出社區，便一眼看見那輛停在路邊明顯的勞斯萊斯。

行李箱在石板路上碾出咕嚕嚕的聲音，鄭書意腳步飛快，走出社區大門，正要過馬路，突然聽見有人叫她。

「書意！」

這聲音乍一聽有點陌生，仔細辨認，又覺得很熟悉。

鄭書意回頭。

警衛亭開了探照燈，岳星洲站在冥冥光線裡，頭髮被燈映得偏黃，垂了幾縷在額前。看起來有些頹然。

鄭書意只看了一眼，便要邁腿往前走，岳星洲立刻小跑兩步上前拉住了她。

「幹什麼！」鄭書意想甩開他的手，奈何力量懸殊太大，根本沒有用。

岳星洲的手越握越緊，「我……一直在這裡等妳，有話想跟妳說。」

「但我不想聽你說話。」鄭書意看了對面的車一眼，不耐煩地說，「你放開我，我有事！」

「妳就給我幾分鐘吧書意。」他的聲音有些微微顫抖，握著鄭書意的手開始發燙，雙眼透著一股執著。

「你……」

鄭書意停下掙扎，眉頭皺成「川」字，抿著唇極力忍著想翻白眼的衝動。

倒不是心軟，只是不想在大街上鬧得太難看。

「好，給你兩分鐘，有話快說。」

又像往常那樣，鄭書意開門見山了，岳星洲反而露出一副欲言又止的樣子。

直到見鄭書意一口氣提上來，又要走了，他才連忙道：「妳交男朋友了？」

鄭書意猛然頓住，不解地看著岳星洲：「關你什麼事？」

岳星洲舔著乾涸的唇角卻沒張口，似乎接下來的話非常難以啟齒。

「妳可以交新的男朋友，我沒資格管，但……妳……妳是不是跟有婦之夫……」

他期期艾艾地說不完整一句話，好像還挺痛心疾首。

「你有病吧！」鄭書意被他這聖人一般的樣子氣笑，「以為我跟你家那位有一樣的癖好？抱歉，讓你們失望了。」

她覺得秦樂之和岳星洲這兩個也是好笑，自己當了婊子，反而立了一塊參天的牌坊來教育她。

是嫌臉不夠疼嗎？

岳星洲怔怔地愣住，一時不知道如何接話。

昨晚秦樂之跟他隱隱透露，鄭書意好像跟他們公司的財務總監走得很近，又零零散散說了一些細節。

站在岳星洲的角度，他覺得秦樂之沒必要去詆毀鄭書意。

可到底是心有疑慮，所以他今天背著秦樂之，偷偷來這裡等鄭書意。

「岳星洲，你是不是覺得自己還挺善良的？」鄭書意緊緊握著行李箱的拉杆，以控制自己不會一巴掌搧上去，時不時還要看看時宴車子的動靜，「還來勸誡我？你先把自己洗乾淨吧！讓開！人家在等我，我要走了沒工夫跟你在這裡嘰嘰歪歪！」

因為鄭書意頻頻往那邊看，岳星洲自然也發現那輛車的存在。

那個標誌，那個車牌，他怎麼會認不出，「他……」

看他緊緊盯著那輛車，鄭書意忍不住翻白眼，「看什麼看？沒見過豪車？」

岳星洲的眼神在鄭書意和對面那輛車上來回逡巡，吞吞吐吐地說：「他不是……你們……」

「對，那才是我正經八百的準男朋友。」鄭書意晃了晃腦袋，「怎樣，這個你也要管？」

岳星洲震驚得說不出話，好一陣子，才難以置信地吐出幾個字：「書意，妳怎麼、怎麼會跟他……」

「怎麼了？我們情投意合郎才女貌，還要您審批？」

說完，鄭書意澈底沒心思理他了，直接邁腿就走。

岳星洲的話卻像一記重錘落了下來，「書意，妳是不是在報復我？」

鄭書意腳步一頓，愣怔片刻，才緩緩回頭，嘴角帶著些譏誚，「岳星洲，你未免也太看得起你自己了。」

她頓了一下，又說：「哦，不過你確實早晚要叫我小舅媽，以後大家就是親戚了，你最好最對長輩尊敬一點，別動不動就拉拉扯扯的。」

說完，她拉著行李箱，直奔對面而去。

岳星洲眼睜睜看著司機下來幫她開了車門，然後將行李箱搬到後車廂。

在那之後很長一段時間，岳星洲一動也不動地站在社區門口，看著那輛車開走，尾燈閃爍，塵埃揚起，腦子裡還一直迴盪著那句「小舅媽」。

時宴並不在車上。

「時總有點事，今天中午就過去了。」司機說，「我把您送過去。」

莫名被岳星洲纏了一陣，鄭書意的心情本就不好，再知道這個事情，情緒愈發低落。

她還以為時宴會跟她一起過去呢。

「嗯，知道了，謝謝。」她應了一聲，便靠著車窗不說話了。

撫城並不遠，三小時的車程，直接開車反而是最方便的。

路上無聊，司機便找著話題跟她聊了兩句，發現她不太有興致，便閉了嘴，問她要不要聽歌。

在柔和輕緩的音樂聲中，鄭書意睡了又醒，醒了又睡，一路順暢，終於在晚上十點到達酒店。

司機陪著她辦理入住後，酒店大廳經理又親自把鄭書意帶到房間。

既然時宴主動提出帶鄭書意過來，酒店自然也是他的祕書訂的，鄭書意兩天前就收到了簡訊。

獨自入住這間套房，也在鄭書意意料之中。

要是真的住同一間房，那就不是時宴了。

只是她有些好奇時宴在哪裡。

鄭書意：『我到酒店啦！』

兩分鐘後。

鄭書意：『你在哪裡？』

這兩則訊息如同石沉大海，一直沒有回應。

鄭書意在房間裡呆坐了半小時後，心裡終於憋出一股煩躁。

事實上，從她一個人站到撫城這個陌生城市時，夜裡淡淡的落寞與不安便包裹著她。

明明是時宴要帶她來，卻把她一個人孤零零地丟在酒店裡，況且——

鄭書意摸了摸肚子。

她連晚飯都沒得吃！

此時此刻，煙霧繚繞的包廂裡，酒過三巡，依然有服務生不停地更換碗碟，添上新酒。

這兩天世界各地業內人士雲集撫城，自然少不了有人組局應酬。

席間觥籌交錯，推杯換盞，話題不斷，橄欖枝四處交投，所有人都應接不暇。

偏偏在座的都是重量級人物，或多或少都有利益關係，無人會在這時候分神。

直到十點多，席間有人出去上廁所，時宴才抽空問陳盛鄭書意到了沒。

陳盛朝他點點頭。

抬眼間，時宴應了對面一位合作方的話，同時看了手機一眼。

近一個小時內，鄭書意斷斷續續傳了幾則訊息給他。

鄭書意：『唉，有的人在大魚大肉，有的人卻饑腸轆轆。』

鄭書意：『我沒問題的，我可以的。』

身旁的服務生又往他面前的杯子裡添酒。

時宴快速打了兩個字：『在忙。』

隨後，放下手機。

「抱歉，」時宴突然站了起來，聲音打斷了對面人的交談，「我有點事情，先失陪了。」

說完，他舉杯飲盡新添的酒，便轉身走出包廂。

走廊上人少，時宴正側頭跟陳盛說著話，突然迎面遇見先前去上廁所的人。

這位跟時宴私下關係交好，說話也隨意得多。

只是他此時有些醉意，腳步不穩，見時宴離席，便問道：「走了啊？」

時宴說是，「有點事。」

男人又問道：「什麼事啊？」

時宴往電梯處看了一眼，神色平淡，卻沒說話。

「嗯？」男人上下打量著時宴，心中明瞭，倏地笑了，「你出差也帶著？這麼黏人啊？怎麼不叫過來一起吃飯？」

時宴不欲與他再纏，邁腿前行，但也不忘回他的話，「剛剛才到。」

臨近春節，即便已是深夜，撫城的街道依然火樹星橋，不少人冒著冷風也不願早早歸家。

陳盛知道時宴今天喝了不少酒，刻意提醒司機開慢點。

「不用。」時宴坐在後排，低頭看手機，隨口道，「正常速度就行。」

說完，他撥通了鄭書意的電話，「在幹什麼？」

電話那頭有些吵鬧，傳來鄭書意不甚耐煩的聲音，『我在逍遙快活！』

時宴看了手機螢幕一眼，再次問：「妳說什麼？」

『我說，我在逍遙快活！』

隨即，鄭書意掛了電話。

路邊燒烤店，爐子擺在門口，孜然一撒，大火一烤，香味刺激著最原始的味蕾，確實挺逍遙。

但鄭書意沒想過會在室外待這麼久，只穿著鉛筆裙，一雙小腿暴露在風裡可就不那麼快活了。

「多加點辣椒。」鄭書意伸出手，一邊借著爐火取暖，一邊指指點點，「別別別，不要蔥！」

她撐到快十一點，沒等到時宴的回應，肚子又餓得直叫，這才反應過來，她幹什麼像個棄婦一樣等著時宴。

於是一個翻身起來，套了件外套出來覓食。

許是她運氣好，走出酒店沒幾步就聞到一股撲鼻的香。

尋著香味找來，竟是一家生意極好的燒烤攤。

聽見火爐的聲音和四周的喧嘩，鄭書意食指大動，當即走不動路了。

只是她在這等燒烤的時候，裡面一桌喝酒划拳的男人頻頻看了她好幾眼。

夜半三更，酒意作祟，幾個人再擠眉弄眼地攛掇，就有人真的上頭了。

鄭書意在那好好站著，有個穿著單衣的男人上前拍了拍她的肩膀。

「有事？」鄭書意回頭看他一眼。

男人一臉橫肉，手上還紋著看起來很嚇人的圖案，人一笑，肉擠得眼睛都看不見。

「美女一個人啊？」

鄭書意沒理他，往旁邊靠了靠。

「一起啊。」男人拉了拉她的袖子，「大冷天的，一起喝一杯暖暖唄。」

「不用了謝謝。」鄭書意拍開他的手，繼續往旁邊靠。

卻不想在他們說話的時候，那桌另外兩個男人也走了過來，堵住鄭書意的退路。

周身是連嗆人的煙味都遮蓋不住的酒氣，被火一燻，莫名讓人噁心。

「美女一個人出來玩啊？」

「給哥哥個面子唄，一起吃宵夜，交個朋友。」

「對啊，不是還早嘛，吃了一起去唱歌。」

這幾個人大概是地痞混混一類的角色，燒烤店老闆看了兩眼，想勸說幾句，又怕大晚上鬧事，最終還是算了，只好趕快把鄭書意的燒烤打包好，「小姐，妳的東西好了。」

鄭書意懶得理這群人，拿上外帶盒就走，卻被團團圍住。

「別走啊，說了一起交個朋友，先坐下啊。」

有人直接去拿她手裡的東西，鄭書意側身一躲，火氣上來了。

「你們——」

「滾開。」

鄭書意話說到一半，突然愣住。

剛才那聲音……

她回過頭，時宴就站在店外半公尺遠的地方。

燈光隨著不穩的電流倏忽閃爍，照得時宴雙眼時而凜冽，時而晦暗。

像是一種無形的壓力，圍在鄭書意身邊的人自然退開了。

鄭書意還愣在那裡，時宴垂眸看了她緊緊抓著的外帶盒一眼，難以言喻地皺了皺眉，拉著她走。

走出去幾步，那幾個男人才反應過來那聲「滾開」是對他們說的。

有人喝多了酒，脾氣大，衝上去就想幹架，「你他媽誰啊——」

時宴側頭，目光掃過來，出聲那人便自動閉了嘴，甚至還有些後怕地退了兩步。

一路無話。

鄭書意被時宴緊緊拽著。

他腿長步伐大，也不管鄭書意是不是跟得上，只管大步朝酒店走。

鄭書意一路踉踉蹌蹌，火氣也上來了。

把她叫來撫城，卻又丟下她不管，連個面都不露，傳訊息等了半天也只回個「在忙」。

這時突然出現，一臉死人樣地拖著她走，還一句話都不說，鄭書意越想越氣。

直到進了電梯，鄭書意掙開時宴的手，揉著自己的手腕，不滿地說：「你幹什麼呀！」

時宴低頭看她，語氣比外面的風還冷，「妳大晚上的一個人出門幹什麼？」

「我出門找吃的啊，」鄭書意把燒烤盒往他面前晃了一下，「這都不行嗎？」

時宴看了她的下半身一眼，裙子短倒也罷了，竟然還光腿。

女人的腿是沒有感官的？

「找吃的需要穿成這樣？？」

鄭書意低頭看了自己的穿著一眼，除了裙子短了一點，哪裡都很好看啊。

「我穿什麼樣了？不好看嗎？你連這都管？」

她生起氣來，聲音像小機關槍似的，聽在耳裡，像貓爪似的撓人。

「是好看。」時宴冷著臉打量鄭書意，卻勾了勾唇角，聲音驟然沉啞，「所以人生地不熟就敢往那種魚龍混雜的地方走？自己有多招人不知道嗎？」

鄭書意沒接話，抬頭望著時宴。

沉默片刻後，她眼裡有狡黠笑意。

「你是誇我還是罵我呢？」她笑著問道，「那我，招到你了嗎？」

時宴嘴角抿緊，盯著她看了很久。

久到鄭書意聞到了他身上隱隱的酒氣。

很奇怪，同樣的酒精散發的氣味，這一刻，鄭書意卻不覺得難聞。

不知是不是酒精的原因，鄭書意覺得，時宴那隱在鏡片後的雙眼有倏忽的光亮閃爍。

像平靜海面下翻湧的暗潮。

電梯門緩緩闔上，將除了兩人以外的世界也隔絕在外面。

有什麼難以名狀的東西，在這間電梯裡湧動。

鄭書意的心跳突然變得很重。

她伸出食指，小心翼翼地戳了一下時宴的胸膛。

「你想好了再回答哦。」

突然，食指被溫熱的手按住，緊接著，整個手掌都被時宴按在他的胸前。

時宴的目光慢條斯理地逡巡在鄭書意臉上，掃過她鼻尖一下的位置。

因為狹窄的空間密不透風，更顯得兩人之間的距離微乎其微。

在鄭書意眼裡，時宴的臉越來越近，直到帶著酒氣的呼吸拂到她唇邊。

「感受一下不就知道了？」

說完，他微偏頭，讓兩人唇間的距離消失。

電梯裡的空氣似乎在這一刻被抽盡，稀薄得讓人缺氧。

——即便他只是淺嚐即止，含了含她的唇瓣。

像逗弄一樣，並不攻城掠地，那股濡濕的觸感勾勒了一圈唇齒之間，便稍縱即逝。

他抬頭，眼睛黑得像深淵。

然後按著鄭書意的手，低聲問：「妳覺得呢？」

意識還沒回籠，只能抓住最淺表的感受。

鄭書意沒感覺到他的心臟是否狂跳。

只覺得，自己的心臟快要跳出嗓子眼了。

封閉的空間，將情緒擠壓得密不透風，難以找到合適的抒發口。

甚至，鄭書意不知道如何回答時宴。

時宴不說話，就這樣看著鄭書意。

明明有所行動的是他，可是執意要等一個回答的也是他。

她的沉默在時宴的注視下越發難以維持。

雖然擁有絕對的安靜，連呼吸聲都抽離在外，但鄭書意耳裡的心跳聲，卻一點點放大，

「砰砰砰」響，一次比一次大。

那裡跳得快無法供血，連氧氣也開始不夠，整個人開始失重。

鄭書意喉嚨癢了一下。

想伸手按住胸口，讓它別再跳動，好給她理智的思緒，去回答時宴的問題。

可一切都不在她的掌握之中。

她開始神志不清地想，時宴會不會聽見那震耳欲聾的心跳聲。

在無盡的沉默對視中，電梯突然響了一下。

鄭書意沒聽見，也沒注意到失重感已消失。

直到電梯門打開，兩個金髮碧眼的外國人站在外面，看見這一幕，愣了一下，隨即說道：「Hello？excuse me？」

意識倏然回神，鄭書意餘光瞥見來人，瞬間抽回了自己的手，立刻邁腿走出去。

手上還有時宴的餘溫，垂在裙邊亦縈繞著一股灼熱感，像溫火的炙烤，一點點蔓延到全身。

時宴就跟在她身後，腳步不緊不慢。

前面的女人走得很快，垂著腦袋，一言不發。

幾秒後，時宴停住不動了，就那麼抱著雙臂看她要怎麼辦。

「鄭書意，妳不知道妳房間在哪裡？」

連方向都能走錯。

果然，鄭書意一頓，又掉頭朝他走來。

依然是那樣埋著頭的樣子，而且看那架勢，好像當眼前的人不存在似的。

直到幾乎要擦肩而過了，她還是那副樣子。

時宴平靜地看著她「目中無人」地越過自己，終於不耐煩地伸手拉住她。

「妳到底在幹什麼？」

兩人一個朝北，一個朝南，錯肩站著，時宴扭頭注視著鄭書意僵硬的側臉。

「我在想事情。」鄭書意看著面前走廊盡頭大開的窗戶，面無表情地說。

時宴：「嗯？」

鄭書意眼珠子轉了轉，然後慢吞吞地退到時宴面前。

「我在想，你剛剛是親了我嗎？」

時宴：「……」

他抬了抬眉梢。

鄭書意：「我不是在做夢吧？太不真實了！」

時宴：「……」

鄭書意墊腳，「你再來一下？」

「……」

一陣穿堂風迎面而來，很涼，也有暫時醒酒的作用。

果然，這個作天作地還作詩的女人不能用正常的邏輯去探究她到底在想什麼。

鄭書意見他不說話，開始變本加厲，扯住他的袖子晃。

「我剛剛沒感覺到，再來一次？」

「考試都有補考的機會呢。」

「我申請補考。」

片刻後，時宴拎住她的袖子，扯開，然後按住她的肩膀，迫使她左轉。

「回去睡覺。」

人被推到門前，房卡也被他直接從外套裡掏出來，刷卡開門，一連串動作一氣呵成，鄭書意連掙扎的機會都沒有。

直到時宴要從外面關門的時候，他自然放輕了力度，鄭書意便趁機扒拉住門，歪著頭，可憐兮兮地仰著臉，「真的不再來一次嗎？我真的什麼都沒感覺到。」

時宴沒什麼表情，把她的手指一根根掰開，然後毫不猶豫地關上門。

「啪嗒」一聲，清脆的鎖扣。

門裡門外，氣氛驟變。

鄭書意全身力氣散盡，臉上的表情消失，背靠著門才能以支撐自己站立，目光無神地看著對面的牆壁。

門外，時宴盯著這扇門，許久才離去。

這一晚，鄭書意在酒店浴缸裡泡了很久，試圖把心裡的慌張稀釋掉。

不能慌，這個時候要是慌了，一切就都脫軌了。

明明她才是該主導這一切的人。

怎麼感覺，她變被動了呢……

直到水涼了，鄭書意才緩緩起身，披著浴巾走出來，落下一地透迤的水漬。

克倫徹論壇第一天上午有兩場會議，分別是九點至十點的「源於股市的金融風險傳染」與十點半至十一點半的「產業合作新願景」。

早上，鄭書意的鬧鐘和酒店的叫醒服務同時響起。

她撐著床坐起來，頭有些疼，走到浴室看了自己的臉一眼。

果然不出她預料，黑眼圈腫得像熊貓。

幸好她本次出行帶上了全套的化妝品。

她還是比約定的時間晚出來了幾分鐘。

時宴站在房間門口，看了手錶一眼，無奈地敲了敲門。

這一點無奈，倒不是因為鄭書意遲了一下，而是他隱隱覺得，照這個架勢下去，說不定鄭書意這兩天又要搞什麼新花樣出來。

鄭家書意別的本事沒有，在花式作這一點上，絕對不是一般人能招架的。

裡面的人沒回應，時宴只好打電話給她。

但是剛剛撥通，門就開了。

眼前的人穿著白色襯衫，米色鉛筆裙，手裡拿著外套，頭髮別在耳後，打理得一絲不苟。妝容得體，神色自然。

想起她昨晚那副「索吻」的樣子，時宴還有些不習慣。

甚至感覺她又在憋什麼大招。

然而直到兩人上了車，鄭書意也安安分分的，規矩地坐在一旁，端莊得像教科書裡的女主播一般。

說是正常，也到處都透露著不正常。

「吃過早飯了嗎？」時宴問。

鄭書意點頭：「吃過了，你呢？」

時宴看了她一眼，「嗯。」

她笑了笑，繼續平視前方。

然後悄悄幫自己做心理建設：嗯，就這樣穩住，我可以，我才是主導者。

汽車平穩地朝會場開去。

幾分鐘後，鄭書意的手機震動了一下，有人在群組裡@她。

這個群組叫做「江城金融記者圈」，不是工作群組，而是一些同行私底下拉的，目的是為了促進圈子裡的交流互助。

裡面有鄭書意這樣的雜誌記者，也有電視臺記者和新媒體記者。

江城財經頻道—師航：『@財經週刊—鄭書意妳在撫城嗎？我剛剛是不是看見妳了？奧克斯麗酒店門口，穿駝色外套的是妳吧？』

江城財經頻道—師航：『妳這次也來參會？』

鄭書意看了一眼，沒打算回，就當沒看見，反正訊息很快就會被聊天裡頂上去了。

可是孔楠也在這個群組裡，她看見了之後，立刻單獨傳了語音訊息給鄭書意。

鄭書意偷瞄時宴一眼，見他的注意力沒在自己這邊，才把手機放到耳邊，按下了播放鍵。

下一秒，車內音響突然冒出孔楠那極具辨識度的聲音：『妳怎麼去撫城了？參會？妳不是說妳跟妳爸爸一起嗎？』

鄭書意：「……」

這句話一字一字蹦出來，在安靜的車裡顯得無比清晰。

鄭書意的手機僵在耳邊，那一瞬間，她甚至懷疑自己聽錯了。

怎麼、可能、在、車裡擴音呢？

可是時宴的反應打消了她最後一絲僥倖。

他偏過頭，瞇了瞇眼睛，「和爸爸一起？」

鄭書意沉默。

前排的司機咳了一聲，她才想起，昨晚來的時候她嫌司機放的音樂不好聽，用自己的手機連了藍牙。

所以她一上車，藍牙就自動連上了。

鄭書意：「……」

時宴抬手，撐在她背後的椅背上，「跟我一起出門，很見不得人？」

鄭書意憋著不讓自己慌亂：「不是……」

「哦，這樣……」時宴似乎懂了，點了點頭，「原來妳有這種情趣。」
鄭書意扭頭，「什麼情趣？」
時宴平視前方，輕輕吐出幾個字，「原來妳喜歡叫爸爸。」
他還點了點頭，似乎是接受了這種「情趣」。
鄭書意：「……」
此後一路，鄭書意不想安分也得安分。
不然她懷疑時宴真的有可能把她抵住讓她叫「爸爸」。

和時宴一起參加克倫徹論壇的好處很明顯。
作為每年交幾十萬歐元的戰略合作夥伴，比每年幾萬歐元會費的普通會員得到更多優待。
坐在第一排，臺上主持人和四位嘉賓侃侃而談，話題一個接一個，時不時引起臺下觀眾的掌聲。
才第一場，氣氛就已經高漲。
身旁的鄭書意卻很安靜，目光專注地看著臺上的人，時不時若有所思，連時宴看了她幾次都沒發現。
時宴不知自己是覺得有些奇怪，還是有些不習慣。

自昨晚那件事之後，他覺得鄭書意有怎樣浮誇的表現都是正常的。

但絕不是這樣的安分守己。

她的腦子裡到底在想什麼。

直到第一場會議進行到尾聲，身邊的人終於開始蠢蠢欲動了。

這種細微的動作並沒有引起其他人的注意，可是在時宴的餘光裡，她的所有異動都盡收眼底。

一下子理理裙子，一下子掖一下衣服。

一下子交換腿交疊的位置，一下子又往他那邊瞟。

手指還在扶手上輕輕地摳，似乎想說什麼，又一直憋著。

時宴突然握住她的手，按在扶手上，低聲道：「妳又想做什麼？」

鄭書意小小地掙扎了一下，手沒抽回來，便支支吾吾地說：「這一場結束後，我想回酒店。」

兩人交頭細語。

「怎麼了？」

「沒怎麼……」

時宴深深地睇她一眼。

又開始了，果然沒那麼安分。

可她不說，臉頰又憋得有些紅，時宴只好隨她，「回去後跟我說一聲。」

鄭書意點了點頭。

這一場會議結束，她立刻悄然離場。

還好會場離酒店不遠，不到二十分鐘，她便回了房間，並且打電話給前臺要了點東西。

匆匆去洗手間換了內褲和棉條，鄭書意倒上床的那一刻，一陣天旋地轉，小腹的絞痛像爆發的火山，一股腦躥至全身。

她蹬掉鞋子，死死抱著枕頭，慢慢蜷縮到床邊一角。

十一點半，第二場會議準時結束。

時宴剛起身，還沒走出會場，便被這一場的主持人叫住。

這位是某財經電視臺的主持人，和時宴有過幾次交集，此刻是要邀約共進午餐的。

時宴應下了，主持人看了他四周一眼，又問：「和您一起來的那位小姐來嗎？」

其實剛剛在臺上，他便看見時宴和鄭書意竊竊私語，行為親密，多半是那種關係。

卻又想，萬一不是呢？那豈不是尷尬了。

「有些不舒服，已經回酒店了，她嬌氣得很，應該來不了。」

看時宴說這話的語氣及神態，主持人懂了，點頭道：「那等下次有機會吧，我看她對今天的話題挺感興趣的。」

時宴隨口「嗯」了一聲。

隨後，他和陳盛一同走出去，看了手機一眼，鄭書意那邊沒有動靜。

他打了個電話過去，也沒人接。

「去問問酒店。」時宴吩咐陳盛，「她怎麼回事？」

不用時宴具體說這個「她」是誰，陳盛便把一切辦得妥妥當當。

幾分鐘後，陳盛說：「回酒店了，找前臺要了一盒止痛藥。」

「止痛藥？」時宴看了手錶一眼，又說，「中午的飯局你代替我去。」

陳盛點了點頭，但心裡卻有些無語。

怎麼又是他，他也想回酒店休息！

時宴站到鄭書意房間門口時，正要抬手敲門，卻頓了頓。

從會場到酒店的距離太近，近到他這時候才反應過來，自己怎麼二話不說回來了。

僵了片刻，時宴垂下手，轉而拿出手機。

鈴聲響了很久，直到自動掛斷，時宴才又抬手，按響了門鈴。

如同鈴聲一樣，門鈴按了三次也沒人回應。

時宴皺眉，轉身朝電梯走去。

中午的陽光稀稀疏疏地透過窗簾灑到床上，在純白的床單上透出斑駁的陰影。

鄭書意出了一身冷汗，浸濕了衣服，黏在身上，很不舒服，以至於她迷迷糊糊地醒來時，心情很不好。

同時耳邊有鈴聲在想，她煩躁地「嘖」了一聲，推開枕頭，伸手去摸手機。

手機沒摸到，卻摸到一處溫熱。

鄭書意慢慢睜眼睛，一側頭，時宴的臉就在她床邊。

以及，她的手正摸著他的手腕。

「你……怎麼進來了？」

時宴垂眼看她的手指，轉而握住她的手，塞進被子裡。

「我要是不回來，妳是打算一個人自生自滅？」

或許是吃了藥，頭昏昏沉沉的，鄭書意愣了許久，才反應過來現狀。

雖然說的話不太好聽，但他好像是知道她病了，專門回來看她的。

鄭書意沒說話，蒼白的臉上沒有一絲血色，連眼睛也霧濛濛的，就那麼盯著他，卻少了平日裡的生氣。

時宴心裡莫名揪了一下，像是嘆氣一般，沉沉問道：「怎麼了？」

人生病的時候總是特別脆弱，這個道理亙古不變。

在她疼得抓著枕頭又捶又啃的時候，無人在身旁。

那種矯情很容易被無限放大，感覺像是被世界拋棄了一樣。

這時他的出現，讓鄭書意忍不住想抓住那股安全感。

沒有多餘的空間能夠讓她去思考其他的。

只是——

「我疼……」鄭書意捂住被子，氣若遊絲地說完，才發現自己聲音怎麼變這樣了。

其實也沒那麼疼的，但她偏偏擺出了一副得了絕症的樣子。

「哪裡疼？」時宴問。

鄭書意啞著嗓子說：「哪裡都疼。」

時宴：「……」

時宴慢慢直起了腰，嘴角抿起不耐的弧度。

似乎是看破了她的演技。

鄭書意感覺有些尷尬，連忙說：「其實也沒那麼痛，你哄我兩句就好了。」

時宴垂眼，打量了她一圈，「怎麼哄？」

「你就說……」鄭書意想了一下，「就說怎麼還沒上天，都看見仙女了呢？」

「……」

時宴的表情很一言難盡。

隨後，他走到床邊，脫了西裝外套，面無表情地坐到沙發上。

再抬眼看過來時，語氣變得很無奈。

「睡吧，我就在這裡。」

「仙女。」

第十八章　深夜電影

房間裡安靜得只有兩人呼吸的聲音。

鄭書意裹著被子，閉一下眼睛，卻很難安分下來。

過了一陣子，她眼睛隙開一條縫，模糊的餘光中見時宴倚在沙發裡，半歪著肩膀，雙腿隨意地伸展，低頭看著手機。

好像真的準備待在這裡了。

他在那裡坐著，不說話，也不做什麼，卻帶來一種莫名的安全感。

鄭書意想，至少不會疼得喊天喊地時卻無人應答。

那種不安感，讓她連睡覺都不敢關掉手機鈴聲。

悄悄地看了一下，鄭書意摸出手機，關了靜音，然後翻了個身，背對著他，許久後，終於閉上了眼。

在她將睡未睡的時候，時宴卻突然輕聲道：「妳到底是胃痛、頭痛，還是哪裡痛？」

鄭書意睜開眼，支支吾吾地說：「那個痛……」

身後的人沉默了。

好一陣子，他冷冰冰的聲音再次傳來。

「嗯，妳明天繼續穿短裙出門，短袖也可以，這樣就不會痛了。」

鄭書意：「……」

臭男人到底會不會安慰人！

「你以為我穿裙子是為了……」她捂著被子，哼哼唧唧，「還不是為了好看。」

「不穿裙子也夠好看了。」

鄭書意眨了眨眼睛，回頭看他：「嗯？」

「睡吧。」

鄭書意沒想到自己真的能在這樣的環境下睡著。

時宴也沒想到她真的能睡得這麼香了。

床上半晌沒了動靜，只有綿長而勻淨的呼吸聲。

冬日的下午漫長又寂靜，天陰沉沉的，不過兩三點，就已經沒了明晃晃的陽光。

房間的燈開得有些亮，晃在眼前，讓人難以沉靜。

時宴抬頭看了床上的人一眼，緩緩起身，關掉頂頭的大燈，轉而打開床邊朦朧的落地燈。

這時，放在床頭櫃上的手機突然亮了起來。

沒有聲音，沒有震動，螢幕來電顯示「飼養員王女士」。

時宴看了睡得很香的鄭書意一眼，便沒管那通電話，任由它自己掛斷。

可過了幾秒，電話又撥了過來，還是那個「飼養員王女士」。

家裡養寵物了？

感覺這個電話似乎很著急。

於是他伸手，觸到鄭書意散亂的頭髮時，他的動作停下。

本想拂開她臉上的頭髮，捏一捏她的臉。

可是看見她熟睡的樣子……

時宴倏地笑了笑，捏住她的髮絲，在她鼻尖掃了掃。

一下、兩下、三下……

時宴像逗弄一般，不厭其煩地重複動作。

「幹什麼呀……」一陣子之後，鄭書意被弄醒，很不耐煩，眼睛都懶得睜開。

時宴：「電話。」

鄭書意閉著眼睛調整一下呼吸，才一把抓過手機。

看清來電顯示的那一刻，她撇了撇嘴角，然後拉長了聲音，說道：「媽……」

時宴：「……」

這備註還真是別出心裁。

「我在睡覺……」鄭書意揉了揉頭髮，沒坐起來。

以鄭書意媽媽對她的瞭解，她並不是一個喜歡在下午睡覺的人，所以感覺有些奇怪，『大下午的怎麼睡覺啊？』

但鄭書意不想跟她說自己不舒服，一個人在外，平白惹千里之外的家人擔心。

「沒什麼事，睏唄。」

電話那頭沉默了幾秒，『沒什麼事？那妳怎麼不去找人家喻遊？』

鄭書意一聽到那兩個字，倏地坐了起來。

見她這突然的動作，時宴也側頭看了她一眼。

兩人目光驟然相接，兩秒後，鄭書意有些心虛地別開臉。

她撓了撓頭，「媽，我週末就不能休息休息嗎？」

『一起去吃個飯看個電影也是休息啊。』媽媽覺得這一切非常理所當然，『最近不是上了一部什麼愛情片嗎？我看妳表妹那些啊都在發動態，你們也去看看唄。』

「媽，其實我……」她抬眼偷瞄，時宴已經背轉過身，「真的不用了，妳就等等，過年我回家再跟妳說。」

『說什麼？怎麼突然又要過年回家跟我說？妳是不是又突然不理人家喻遊了？』

鄭書意無奈地抓枕頭：「不是，我就是……」

『意意啊……』媽媽突然打斷她，『妳要是不喜歡就跟媽媽說，媽媽不會勉強妳的。』

鄭書意一聽，立刻點頭，「對對對，其實我還真的不喜歡那一型。」

但同時，她媽媽的話還沒說完：『媽媽再幫妳物色物色。』

鄭書意：「……」

『那妳告訴媽媽，妳喜歡哪種的？』

鄭書意目光在時宴背影上逡巡，喃喃道：「我不是傳照片給妳過了嗎？」

『嘟嘟嘟……』

耳邊響起忙音，鄭書意把手機拿到面前一看——對方已掛斷。

房間裡瞬間安靜下來。

鄭書意摩挲著電話，陷入一股奇奇怪怪的沉默。

她總感覺自己剛剛接電話的時候，時宴有意無意地在看她的神情。

好像聽到了她和媽媽的對話。

偏偏時宴這時也不說話，安安靜靜地坐在一旁，任由她的小緊張在空氣裡流淌。

剛剛落在他耳裡的對話，「我還真的不喜歡那一型」、「我不是傳照片給妳過了嗎？」，要從中猜測到完整的對話，其實不難。

許久，時宴見她摳了摳手機，又抓了抓頭髮，似乎在想要說點什麼時，時宴突然開口，直接截斷了她預想的說辭。

「妳家裡催妳相親？」

鄭書意：！

他怎麼感覺這麼準！

「沒、沒有啊。」鄭書意往被子裡縮了縮，「我媽說要買一隻狗給我呢。」

時宴點了點頭，「那妳喜歡哪一型？」

「哦……喜歡乖一點的，聽話一點的，」鄭書意摸了摸臉，「就中華田園犬那種你知道吧。」

時宴：「……」

莫名感覺自己被諷刺了。

諷刺倒也沒什麼，主要是她這女孩子的花花腸子太多，偏偏又表現出一副天真無邪的樣子，讓人心裡悶火亂竄，卻又不忍心朝她發作。

許久，時宴移開眼，自己消化一些情緒，才說道：「鄭書意，妳每天花樣百出，真的很讓人頭疼。」

鄭書意扯著嘴角笑了一下，裝出一副聽不懂的樣子，眨眨眼睛：「那我分你點止痛藥。」

時宴：「……」

他的目光沉下來，語氣有些躁了，「妳還睡不睡？」

鄭書意立刻看了一眼時間，兩點半。

「睡睡睡！你三點不是還有個會議嗎？你去忙吧，我已經沒事了。」

時宴兩步靠近，想說點什麼，看著她有些虛浮的臉色，最終只是蹂一下她亂糟糟的頭髮。

「嗯。」

時宴走後，鄭書意其實一直沒睡著。

疼痛散去後的身體虛脫無力，她在床上翻來覆去，總覺得渾身沒有力氣。

在枕頭裡悶了一陣子，她終於想起。

沒吃飯！

鄭書意一軲轆翻起來，正想拿手機點外賣時，酒店的門鈴響了。

服務生推著餐車進來，「鄭小姐，這是您點的餐。」

鄭書意：「我點的？」

服務員點頭：「妳這邊不是一〇二六房嗎？」

鄭書意愣了一下，隨即反應過來，「對，是我的，謝謝啦。」

一轉頭，她傳了個訊息給時宴。

鄭書意：『謝謝老闆！』

時宴：『誰是妳老闆？』

鄭書意也不知道是哪根筋不對，三兩下打了兩個字過去：『爸爸！』

時宴：『……』

不管時宴這個刪節號是什麼意思，鄭書意肚子空空，迫不及待開始吃東西。

剛吃了兩口，手機鈴聲又響了。

今天還真是業務繁忙。

看到來電的時候，鄭書意有些茫然，「喂，陳學長，好久不見呀。」

陳越定笑道：『是好久不見，妳最近怎麼樣？』

「挺好的，忙工作呢。」

陳越定是鄭書意的大學同學，也是同一個家鄉的人。

而且兩人同年級，同在學校辯論隊，私下交集多，漸漸便成了關係最好的異性朋友。

只是後來畢業，各奔東西，便少了聯絡。

但有曾經的情分在那裡，再聯絡也不陌生。

『是這樣，我下個月要結婚了。』

「真的？」鄭書意有些震驚，「這麼快？」

『也不快，我們都談了兩年了。』陳越定應該正在忙婚禮，便長話短說了，『就是大年初四，妳會來吧？』

「來，當然來！」

陳越定「嗯嗯」兩聲，沒再說別的什麼，卻明顯地傳達出他的欲言又止。

「怎麼，還有什麼事嗎？」

『哦……就是我前段時間看社群動態，發現妳跟岳星洲好像分手了。』陳越定有些不好意思，『我也不是打探什麼哈，就是想著，他跟我關係也好，大家都是同一個學校的，然後……』

「沒關係。」鄭書意懂了他的意思，接了他的難以啟齒，「你邀請吧，這有什麼啊，我們兩人的事情不該干涉到你。」

『嗯，我知道的，只是……』陳越定在電腦那頭撓了撓後腦勺，『我早上打電話給他，他現任好像也在，說要一起來參加婚禮，這個我也不知道妳這邊……』

鄭書意手指一顫，咬著牙，笑道：「沒關係啊，我無所謂的。」

陳越定鬆了口氣，連連點頭：『那就好，那就好，回頭聯絡啊。』

「好。」

掛了電話，鄭書意嘴角的笑意慢慢僵住，捏緊了手裡的筷子。

再看眼前這飯菜，頓時就不香了。

說的話都是逞強的。

如果大年初四那天，她獨自出席婚禮，而岳星洲帶著秦樂之甜甜蜜蜜地出現，她可能會氣血倒湧而死。

可是時宴這邊……

「唉……」鄭書意嘆了口氣。

她有些不知道怎麼辦了。

一切的一切，似乎已經脫離了她預想的軌跡。

就比如在這一個電話之前，她見到、想到時宴，完完全全就是這個人，根本沒再想過這個人是秦樂之的小舅舅。

她感覺現在，自己好像就是單純的——在和時宴……談戀愛。

天色漸漸暗了，暮光熹微，

房間裡一下子響起女人的嘆氣聲，一下子又是枕頭被揉捏的細碎聲音。

時間慢慢流淌，一切情緒，最後都被藥後襲來的倦意安撫。

時宴回來時，經過鄭書意房門，下意識停下了腳步。

他敲了敲門，沒有回應，等了片刻，直接刷開了大門。

走到她的房間外，時宴再次敲門，還是沒應聲。

他皺了皺眉，電話撥出去，也沒人接。

這時候也沒什麼其他的可顧慮了。

時宴推開房間門，入眼的是亂糟糟的床鋪，散亂在枕頭上的一頭烏髮。

他心頭跳了跳，也不知自己怎麼想的，竟然伸手去探了探鄭書意的鼻息。

感覺到她均勻的呼吸後，時宴收回手，並覺得自己突然有些降智。

他抬手看了眼時間。

晚上七點半。

可真能睡。

無聲地進來，又無聲地退出房間。

除了鄭書意的一隻手被塞進了被子以外，看不出其他變化。

但其實，鄭書意真的沒時宴想的那麼能睡。

夜裡十一點。

時宴正準備換衣服洗澡，突然收到了鄭書意的訊息。

鄭書意：『（打滾.gif）。』

時宴：『醒了？』

鄭書意：『剛醒……』

時宴下意識想說「這麼晚了快睡吧」，想法剛冒出來，又覺得可笑。

時宴：『所以？』

鄭書意：『我睡不著了……』

果然。

時宴垂下正要解襯衫釦子的手。

時宴：『然後呢？』

鄭書意：『有沒有什麼事情可以給我做的？』

鄭書意：『比如叫邱總再傳點資料給我什麼的。』

時宴：『這麼晚了，妳還麻煩別人？』

鄭書意：『好的，我知道了，886。』

時宴：『換衣服。』

鄭書意：『？』

時宴：『出門。』

鄭書意：『去哪？』

時宴：『帶妳去看電影。』

直到坐進電影廳，鄭書意還有些茫然。

夜裡十一點半，她居然跟時宴跑出來看電影。

更沒想到，這麼晚了，大冬天的，電影院居然還有這麼多人。

這個時間可選的電影只有三部，除了一部一聽就是圈錢的大電影，還有一部一聽就很催淚的紀錄片。

鄭書意既不想打瞌睡，也不想流眼淚，便選了最後那部一聽名字就很文藝的愛情片。

特別是片頭，主角騎著自行車經過一片湛藍的海，片名緩緩出現，畫面隨便一截就是電腦桌面。

而當鏡頭對準男主角的臉來了個大特寫時候，前排許多女生忍不住驚嘆出聲。

趁著燈光暗，鄭書意側頭看了時宴一眼。

他盯著大螢幕，臉上映著晃動的光影。

感覺到鄭書意的目光，他側頭看過來。

兩人並排坐著，他這麼一轉頭，呼吸都纏在了一起。

背著光，鄭書意看不清他的神色，看不清眼神，卻因這意外的對視，心裡某根弦被撥動。

幾秒後，鄭書意突然回神似的，別開臉，拿出手機拍下手裡的兩張票根。

電影的開始沉默且無聊，才過了二十分鐘，已經有人開始睡覺，更多的人開始玩手機。

鄭書意想，她此刻完全看不進這電影，一定也是因為情節太無聊了。

想著想著，她低頭，翻到自己剛剛拍的照片，鬼使神差地，就發了動態。

什麼話也沒說，像一種暗處湧動的情緒，被定格在手機裡。

這時還不算晚，社群的留言、點讚來得很快。

秦時月是第一個。

秦時月：『這麼晚了妳還跟妳爸爸去看電影？』

鄭書意：「……」

這妹妹還真的是個解嗨王。

她不知道該說什麼，回了個刪節號。

秦時月當她默認了，又回：『我爸從來沒時間陪我，好羨慕，妳爸爸可真把妳當寶貝寵啊！』

鄭書意：『哈哈。』

什麼情緒都沒了，她收起手機，專心看電影。

可是，這電影真的太無聊了。

幾分鐘後，鄭書意看了手機一眼。

消散的奇怪情緒又陡然升起來。

在密密麻麻的點讚中，她竟然——看見了時宴。

他竟然給她點了個讚。

這種感覺很奇妙。

在熱鬧的社群中，他知道她在做什麼，卻也無聲地默許了她做的一切。

時宴的那個點讚，除了引起鄭書意心裡湧動的漣漪之外，還讓秦時月籠罩了一腦袋的霧水。

她收到訊息提醒，點進去一看。

欸？小舅舅？

她差點以為自己眼花了。

在秦時月眼裡，時宴和鄭書意有好友倒是不奇怪，畢竟兩人之前有過合作，建立聯絡也不是什麼稀奇事。

但怪就怪在，時宴這個深夜點讚不符合他一貫的行為邏輯。

其實秦時月和時宴的共同好友並不少，但她從未在社群上見過時宴活躍的身影。

她甚至一度以為，時宴搞個聊天帳號單純是為了工作。

可說是為了工作，有些叔叔平時發些工作相關的資訊，也沒見她小舅舅冒個泡泡啊。

更別說幫一個女人的動態點讚。

還是毫無資訊的日常照片，還是在深夜……

秦時月越想越不對勁，探知八卦的欲望讓她幾度點開時宴的對話，躍躍欲試。

可最後還是理智戰勝了八卦欲。

算了，活著不好嗎？

電影還沒播到一半，電影院裡的人卻已經走了一半。

前排霎時空了許多。

又過了一陣子，鄭書意周遭的人開始蠢蠢欲動，有的低頭密語，有的擺弄手機，後方甚至還傳來了呼嚕聲。

而大螢幕上，男女主角還坐在海邊暢聊人生。

觀眾們可能已經想把導演拉出來聊聊人生了。

密閉的影廳開始不那麼平靜，昏暗中浮動著各種情緒。

鄭書意悄悄看了時宴一眼，想知道他是不是也覺得很無聊。

可他安安靜靜地看著螢幕。

眉目舒展，目光柔和。

看起來不像是很不耐煩，但好像也沒有很投入電影情節，就那麼坐著。

鄭書意收回目光，靠在椅背上。

不知不覺，她也跟時宴一起，端端地看著螢幕。

但也沒有沉入劇情中。

這部電影足足拍滿了一百二十分鐘。

結束時，影廳裡只剩鄭書意和時宴兩人。

哦不對，好像還有人。

身後那一排突然有了響動。

「醒醒，傻子，醒醒，電影都結束了！」

這也是個剛醒的男人，見跟自己一起來的同伴睡得很香，一巴掌往他腦袋上拍去。

被拍醒的那個胖子搓了搓臉，看見電影終於完了，忍不住罵道：「我靠這種東西居然還能出來收錢，你他媽的聽誰說這好看的？這兩個小時在宿舍睡覺不舒服嗎？」

同伴其實也才剛醒，懶得理他。

兩人一同起身，那胖子一看前排坐著的鄭書意和時宴，「哦喲」一聲驚嘆。

「這電影還真他媽有人能從頭看到尾啊，佩服，厲害。」

同伴又給他一巴掌，壓低聲音：「傻啊，人家看的是電影嗎？」

胖子不解：「我靠？那看的是什麼？」

同伴：「活該你他媽母胎 solo……」

兩人的聲音漸行漸遠。

但他們的對話在鄭書意耳邊繞了很久。

身旁的時宴一直沒出聲，也沒動，鄭書意不知道他是不是也聽見了，越發不知道怎麼辦。

直到片尾曲播完，時宴終於站了起來，「走吧。」

鄭書意見他神色平淡，連忙點頭，「走吧走吧，挺晚了。」

回去的路上，兩人坐在車子後座，誰都沒有說話。

這種沉默，明明很沉靜，卻讓鄭書意覺得有些不自在。

具體表現在——她的手心隱隱發熱，就連這車裡的溫度好像也有了很明顯的變化。

不找點話題，她就會陷入胡思亂想中。

直到快到酒店了，鄭書意終於乾巴巴地開口：「啊，你覺得好看嗎？」

時宴：「什麼？」

鄭書意：「今天的電影。」

時宴似是回想了一下，「還行。」

「哦……」鄭書意點點頭。

時宴卻又問：「妳覺得呢？」

「我啊，我也覺得還行。」

鄭書意說完，見時宴的目光直勾勾地停留在她臉上，手掌心那股隱隱約約的灼熱感像被某種東西牽引著，徐徐蔓延至全身。

她下意識就想多說說話，以緩解這車裡浮動著的莫名的曖昧氣息。

「挺好看的。」她點點頭，「女主角最後靠在男主懷裡的畫面太美了，兩個演員真的好般配哦，看得我又相信愛情了，太甜了。」

時宴瞥她一眼：「那一幕是男主角的想像，女主角去世了。」

鄭書意：「啊？」

時宴：「男主角自殺了。」

愣了一下，鄭書意眨眨眼睛，表情無縫轉換，「對啊，是這樣的啊，可這也是一種美滿不是嗎？兩人到生命的盡頭也愛著對方，至死不渝，這不是愛情嗎？」

時宴勾了勾唇，輕笑：「妳看的到底是不是電影？」

鄭書意：「……」

直到下車進酒店，上了電梯，鄭書意還在想，這他媽怎麼男女主角都死了？

這不是一部甜甜的愛情片嗎？不是說打著互相救贖的噱頭嗎？怎麼就死了？

怪不得觀眾都走光了，呸，詐欺。

「叮」一聲，樓層到了。

時宴低頭見鄭書意還沉浸在自己的精神世界中，拉住她的手，邁腿走出去。

手指相觸的那一刻，鄭書意迅速從電影情節中抽回神，僵硬著脖子，垂眼看一下她的手、時宴的手。

走了兩步，便到房間門口。

他鬆開手，抬起來，看了手錶一眼。

一串動作自然得讓鄭書意覺得他是要看時間才鬆開她的手。

三點了。

時宴皺了下眉，也挺意外自己居然看個破電影看到現在。

「晚安。」

「哦，」鄭書意點點頭，「晚安。」

但是一進門，鄭書意立刻掏出手機，找到這部電影的簡介。

她看了一遍劇情簡介，又看了幾則評論，腦袋上緩緩冒出一個問號。

這明明就是她說的那個圓滿結局啊？

時宴有毛病？他到底有沒有好好看電影？

鄭書意：『你為什麼騙我？』

時宴也剛回到房間，還沒睡。

時宴：『我騙妳什麼了？』

鄭書意：『那電影的結局明明就不是那樣的！』

時宴：『嗯。』

時宴：『那妳為什麼不好好看電影？』

鄭書意的手指頓了一下。

若是以往，她可以面不改色地打出幾十句「因為我在看你呀」、「你在旁邊人家哪裡還有心思看電影嘛」這種話。

可這時，她卻始終按不下那幾個鍵。

鄭書意：『要你管。』

鄭書意：『睡了。』

時宴：『晚安。』

克倫徹論壇的第一天就在這樣的兵荒馬亂中度過。

接下來的議程緊湊忙碌，時宴和鄭書意輾轉於各個會場見，偶爾受邀出席飯局。

由於都是業內人士，又有時宴在身旁，貼著他的面子，鄭書意應付得還算如魚得水。

這一趟行程，除了接收到當前行業最前沿的宏觀動向外，鄭書意還結識了不少業界人士，算是滿載而歸，為今年的工作劃上了一個圓滿的句號。

鄭書意她們雜誌社向來不抵著大年三十才放假，每年慣例都是在二十八這天結束工作，正好又是這個月發薪水的日子。

由於這個季度鄭書意發表了兩篇高關注度文章，獎金十分可觀。

於是放假第一天下午，她美滋滋地去了商場。

晚上就要坐高鐵回家了，她當然第一時間買東西給爸媽。

媽媽的禮物倒是好選，一條羊絨圍巾，再來一對金耳環，其他的東西她也沒興趣。

至於爸爸……

鄭書意在商場逛了許久都不知道如何下手。

買衣服或鞋子吧，他不一定合身，到時候退還很麻煩。

走到一樓，看見一家手錶店，她終於有了想法。

鄭書意剛進門，導購便迎了上來，「美女選手錶嗎？」

鄭書意一邊張望著一邊點頭。

導購：「是自己戴還是送人呢？」

鄭書意：「送人。」

導購一邊引著她往新款櫃檯走，一邊說道：「那是送給男性還是女性？年齡大概多大呢？」

「男的，」鄭書意低頭看展示櫃，「五十歲出頭吧。」

導購很快推薦了一款，鄭書意看了也合心意，只是價格稍微貴了點，快兩萬了。不過倒也能接受。

鄭書意要了這一款，隨意一瞥，又看見一款女士石英表。

她的目光多停留了兩秒，導購立刻取出來給她看。

本來也不覺得有什麼，被導購親自幫她戴到手腕上，瑩瑩白潤的皮膚與水晶錶盤相映成輝，鄭書意突然感覺這手錶長在她手上了。

猶豫了片刻，導購立刻開始花式遊說。

而鄭書意糾結的點在於，這錶也是兩萬出頭，要是都買了，她的獎金就差不多去一半了。

想想還是有一點點心疼。

正猶豫著，身後一道聲音越來越近。

「看看錶吧……我不買，我不喜歡戴錶……我買給星洲……我看他挺喜歡這家的錶的……」

鄭書意突然提了一口氣，腦子裡只有一個想法：下次再也不來這破商場了。

竟然又遇見秦樂之了。

不等她轉身，秦樂之看見鄭書意的背影，竟也一眼認了出來。

她跟朋友走進來，經過鄭書意身邊時，瞥了她一眼，什麼都沒說。

什麼都不知道的導購還在努力地賣貨。

「這款錶真的挺適合您的，雖然價格貴了點，但是錶這種東西，您也知道，一分錢一分貨……」

導購巴拉巴拉說了一堆，鄭書意沒仔細聽，只注意到秦樂之往這裡看了一眼。

區區一個目光對視，無形的硝煙味就出來了。

「好吧。」鄭書意摘下手錶，「就要這兩個。」

導購樂開了花，一邊去拿盒子，一邊說：「您這邊一次性消費滿四萬，可以註冊高級會員，我們有贈送積分。」

秦樂之沒什麼反應，倒是她的朋友「嘖」了一聲，喃喃自語：「怎麼全世界都是有錢人，只有我是窮人呢。」

正巧鄭書意跟著導購經過她們身邊，秦樂之側頭看了一眼，輕笑：「妳去找個有錢男朋友妳也可以。」

後頭的話她沒說出來：只是年齡有點大，還是個有老婆孩子的，就看妳能不能接受了。

朋友接話道：「得了得了，我有自知之明，有錢人也看不上我這樣的啊。」

鄭書意聽見她那沒有刻意壓低的聲音，並不想在意，因為她手機進來了一則新訊息。

——時宴的。

時宴：『今天什麼時候走？』

鄭書意一邊朝收銀檯走去，一邊打字。

鄭書意：『七點的高鐵票。』

時宴：『嗯。』

時宴：『我送妳？』

收到這則訊息的時候，秦樂之在一旁陰陽怪氣，「攀了個高枝就是不一樣，刷卡都有底氣多了。」

鄭書意雖然氣得咬牙，卻也要在外人面前擺出一副沒聽見的樣子，面不改色地回了個

『好，等你呀』給時宴。

回完，導購正好也刷完了卡還給她。

她把卡往包裡一塞，不緊不慢地說：「我男朋友就是有錢，怎麼了？」

秦樂之低頭看手錶，笑了笑也沒回應。

直到鄭書意經過她身邊，又丟下一句，「不僅有錢，回頭妳見了我男朋友還不是要恭恭敬敬的，對吧？」

她臉色一變，一時間竟然不知道該不該繼續冷笑。

不久後，岳星洲來接秦樂之一起吃飯的時候，她忍不住吐槽這事，「你那個前女友真的可以哦。」

突然提到鄭書意，岳星洲眉心蹙了蹙，「又怎麼了？」

秦樂之假裝不經意地挑了挑碗裡的菜，「也沒什麼，就是找了個有錢男朋友，出去花錢可有底氣了。」

「她……」岳星洲倏地放下筷子，「妳應該是誤會了，她跟你們公司那個ＣＦＯ沒有關係。」

「哦，你這麼信任她？」秦樂之冷言完了，突然想到什麼，神色一變，「還是說你跟她又聯絡上了？」

這是岳星洲和秦樂之的底線。

上次秦樂之發現他傳簡訊給鄭書意，氣得跟他鬧了兩天。

所以他不想讓秦樂之知道他去見過鄭書意了，不然能鬧三天三夜。

「沒有。」岳星洲說，「我猜的。」

秦樂之料想他也不會再死皮賴臉地找鄭書意了，譏笑兩聲，「我其實都提醒過她，這要是讓邱總老婆知道了，不得扒掉三層皮？」

岳星洲聽得煩了，又不好直接解釋，只能有意無意地說：「妳要是這麼看不慣，那妳跟妳小舅舅說一聲不就行了」

話音一落，秦樂之眼神倏地飄忽起來，手緊緊握著筷子。

她立刻低頭夾菜，以掩飾自己那一絲絲的慌亂。

「這些事情怎麼好打擾他，吃飯吧，我都要餓死了。」

每次秦樂之或者岳星洲的出現，總能瞬間吞噬掉鄭書意所有的好心情。

她拉著行李箱，站在社區門口，垂著腦袋，提不起精神。

時宴的車開來時，比約定的時間晚了幾分鐘。

他沒下來，司機過來幫鄭書意放行李。

鄭書意跟這位司機也熟了，沒那麼客套，說了聲「謝謝」就上了車。

時宴坐在車左側，手裡拿著一份財務報表，見鄭書意上來，掀了掀眼。

她的心情明顯不太好，坐上來也沒說話，就靠在角落裡，一下子摳一下指甲，一下子弄弄衣服。

看了她一下，見她沒有要說話的意思，時宴放下手裡的東西，揉了揉眉心，「路上塞車。」

聽他說話，鄭書意抬頭看了一眼，反射弧極慢地反應過來，他在解釋他為什麼來晚了幾分鐘。

「哦，」鄭書意悶悶地說，「沒事。」

大概是因為今天在商場發生的事情，她現在看見時宴，心裡很不是滋味。

那種感覺無以名狀，像浸在熱水裡泡了幾個小時，胸口痠痠脹脹的，一口氣都喘不順。

沉默一直持續到高鐵站。

停車時，司機先下去搬行李。

鄭書意慢吞吞地解了安全帶，拉開車門時，動作遲緩了一下，看向時宴。

正好時宴也看了過來，「心情不好？」

鄭書意默了默，垂著眼睛，說道：「哦，想到好幾天不能見你，所以有點不開心嘛。」

她的語氣很平緩，幾乎不帶情緒。

時宴沉沉地看著她，思緒也在心裡繞了幾個彎。

最後，他無聲地嘆了口氣，「過年要每家每戶走親戚嗎？」

「嗯？」鄭書意想了想，「還好吧，我家親戚少，只有初一到初三需要去拜年。」

時宴點點頭，「知道了，進站吧。」

第十九章　真假小舅舅

雖說是放假，可春節也算一年中最忙碌的日子之一。

自從年二十八晚上到家，鄭書意根本沒休息過，被爸媽拖著做大掃除，置辦年貨，還抽了一天去探望病中的親戚，直到大年三十這天晚上才真正地閒了下來。

傍晚，爸爸在廚房裡忙碌年夜飯，客廳裡放著電視，春晚預熱節目播得熱火朝天。

王女士坐在沙發上，嗑著瓜子，時不時瞥一旁擺弄手機的鄭書意一眼。

「天天就知道看手機，早晚要鑽進手機裡！」

鄭書意「嘖」了一聲，「傳新年祝福給上司呢。」

「妳還挺貼心。」王美茹有意無意地說，「那妳傳新年祝福給人家喻遊了嗎？」

「傳了，我祝他新年大吉財源滾滾工作順利身體健康，怎麼樣，夠有誠意吧？一個字一個字打的。」

王美茹顯然知道她在敷衍，「妳不如約他吃個飯，當面祝福他，我覺得更有誠意。」

鄭書意正想反駁一下，突然看了手機一眼，立刻起身往房間跑去。

「妳又幹什麼！要吃飯了！」

「我知道！」

過了一下子，鄭書意掐著吃飯的時間從房間裡出來了。

飯桌上那兩位還在聊喻遊。

「他工作忙，趕著今天才到家，現在年輕人工作真辛苦。」

「讓人家多休息兩天，回頭帶上意意一起吃個團年飯。」

「我不去。」鄭書意忽然出現在飯桌邊，怡然自得地端上飯碗，嘴角還掛著笑，「你們別撮合了，我跟他不來電，而且……」

鄭書意挑了挑碗裡的米飯，慢悠悠地說：「我對自己的感情是有安排的。」

王美茹哼了聲，滿是不以為然，「每一次都這麼說，也沒見妳真的安排出什麼。」

鄭書意埋頭吃飯不說話，嘴角卻隱隱翹著。

好一陣子才嘀咕道：「回頭讓妳見到嚇死妳。」

一開始她的爸媽確實沒把她的話當一回事，直到初三晚上。

「怎麼每天到這個時間就溜出去打電話了？」王美茹拽拽鄭肅的袖子，「是不是真的有情況啊？」

這三天他們家每晚都去不同的親戚家拜年，然而每到六、七點，鄭書意就開始心不在焉地盯著手機，沒多久，就握著手機出去了，好一陣子才回來。

鄭肅捧著茶杯，往陽臺看了一眼，「去瞅瞅。」

露天的陽臺上，鄭書意靠著圍欄，頭髮被風吹得亂亂的，腳尖卻有一下沒一下地碾著地面。

「明天就參加婚禮啊。」

「我大學的學長。」

「是叫學長啊，怎麼，你上學的時候沒人叫你學長？」

門後，鄭書意的爸媽對視一眼，眼裡流露出一絲嫌棄。

「打個電話語氣怎麼這麼做作。」

「就是。」

然而電話一掛，鄭書意眉眼卻垮了下來。

說起明天的婚禮……

鄭書意揪掉綠植的一片葉子，在手裡搓揉。

不去是不可能的，既然要去，那必須豔壓秦樂之！

鄭書意在這方面的行動力向來驚人，第二天一早就起來洗澡、洗頭、敷面膜，在梳妝檯前足足坐了兩個小時。

王美茹第三次推開門，見她還在擺弄頭髮，忍不住說道：「妳是今天的新娘子嗎？」

鄭書意撥弄著髮尾的捲，低聲說：「妳不要管我。」

既然今天的婚禮她只能一個人出席，那就必須拿出不輸兩個人的氣勢來。

按照鄭書意參加婚禮的經驗來說，主人家一般都會把來賓按照關係分桌，大學那一圈自然是安排在同一桌的。

但陳越定顯然有專門為鄭書意考慮，把她安排到自己親戚那一桌，還吩咐表姐、表妹們好好招待客人。

然而天不遂人願，鄭書意剛到，大學那一桌有幾個眼熟的人看見了她。

大家不明情況，自然是覺得鄭書意要跟她們坐一桌的，便熱情地招呼，反而把她跟陳越定弄得有些不好處理。

不管怎樣，這是同學的婚禮，鄭書意也不想多添麻煩，只好坐過去。

這一桌坐的雖然都是財經大學的同學，不過大多數也只是點頭之交，跟鄭書意算不上熟，之所以這麼熱情，是本著對當年校花同學的近況好奇的心理。

她一坐過去，大家就七嘴八舌地聊了起來，一下子問問工作，一下子說說生活。

本以為話題就這麼過去了，突然有個女生想起往事，說道：「欸？我記得妳男朋友是我們系的學弟吧？跟陳越定關係也挺好的啊，你們沒一起來？」

她這麼一說，大家都想起有這麼一回事。

「分手了。」鄭書意平靜地語氣如同在聊天氣，「我不知道他今天來不來，也沒什麼關係的。」

話音剛落，鄭書意旁邊的女生往入口處看了一眼，嗑瓜子的動作突然頓住：「呃……」

一桌的人，包括鄭書意，都朝入口看去。

鮮花包裹的拱形門下，新娘、新郎正在迎賓，岳星洲一身正裝出席，笑著跟陳越定說話。而挽著他手臂的秦樂之也跟陳越定握了握手，隨後目光往裡面一瞥——精準地鎖定在鄭書意身上。

兩人一出現，不用旁邊解釋，這一桌的人都明白是什麼情況了。

剛剛還聊得熱火朝天的一桌瞬間卡了一下。

不過這桌人也沒有跟鄭書意或者岳星洲的交情特別好，不存在偏幫誰的道理，都自然地轉移了話題。

只是既然知道了這件事，氣氛難免變得僵硬起來。

岳星洲是帶著秦樂之走過來時才注意到鄭書意也在。

他以為，她不會來的，又或者說，就算來了也會避開跟他見面。

可是……

在他面色微妙的時候，秦樂之卻大大方方地坐了下來，跟桌上的人點頭示意。

再轉頭，正正地看著鄭書意。

而鄭書意靠著椅子，面無表情地玩手機。

原本想跟岳星洲聊聊近況的同學們一時為了避免尷尬，都沒跟他說話。一桌的人都在聊天，只有這三個人默不作聲，彷彿在另一個次元，氣氛變得越來越奇怪。好在她們來的不算早，很快婚禮正式開始，大家的注意力都被臺上的新郎、新娘吸引，有了正當緩解尷尬的理由。

一連串流程下來，司儀賣力地調動現場氣氛，來賓們或鼓掌或起鬨，一時熱鬧無比。最後，新娘在司儀的安排下，背對嘉賓席，高高舉起捧花。

下面的單身男女們都站了起來，摩拳擦掌準備蹭一蹭喜氣。

隨著現場的哄鬧聲，捧花在空中劃出一道拋物線，然後在眾人的目光下，穩穩地落在了鄭書意手裡。

突然天降一物，鄭書意一時沒回過神，愣怔地抱著捧花，在鼎沸的人聲中有些不知所措。

「恭喜這位幸運兒！」司儀笑得跟彌勒佛似的，兩三步走過來，朝著鄭書意喜氣地喊，「來，麥克風遞給這位美女。」

手裡又被塞了一個麥克風，鄭書意迷茫地站了起來，對上司儀那迸發著光彩的目光，有些不知所措。

「這位美女有男朋友嗎？」

原本是流程裡的一個問題，可被問的人是鄭書意。

岳星洲想到什麼，立刻抬眼看著鄭書意。

秦樂之也是如此，儘管她想到的和岳星洲不同。

見這樣的情況，一桌的同學又嗅到了什麼奇妙的氣息，一時間更安靜了。

鄭書意抬了抬下巴，笑道：「我有啊。」

她就是十年沒見過雄性生物了這時候也要說自己有男朋友！

可是岳星洲卻變了臉色。

同樣的，秦樂之淺淺地扯了一下嘴角。

「這捧花果然是天意啊！美女跟您男朋友一定會修成正果！」

司儀又說了許多好彩頭的話，鄭書意才抱著捧花緩緩坐下來。

席間又歸於平靜。

鄭書意看了對面兩人一眼，當著他們的面，笑吟吟地拿手機給捧花拍了一張照片。

然後傳給時宴。

她什麼都沒說，只傳了這麼一張照片。

很快，時宴回覆：『婚禮好玩嗎？』

鄭書意皮笑肉不笑地打字：『不好玩。』

時宴：『？』

鄭書意：『遇到了討厭的人，很不爽，不開心。』

鄭書意：『（撓頭.gif）。』

傳完這則訊息，正好新郎新娘來敬酒，鄭書意便放下手機，端起杯子起身。

一口果汁下肚，賓客們自便。

秦樂之坐在鄭書意對面，一下子讓岳星洲幫她盛湯，一下子又讓他幫忙剝蝦，嗲聲嗲氣的，搞得一桌的人天靈蓋發麻。

這種情況，或者男的感覺不到小心思，敏感的女人卻能清晰地感受到秦樂之的刻意。

大概是出於同理心，有人見不得她刻意秀恩愛，故意大聲地問鄭書意：「欸，書意，妳打算什麼時候結婚啊？」

話音一落，岳星洲的敏感神經被抓住，剝蝦的手一頓，眼神閃爍，注意著對面的回答。

鄭書意突然被 cue 到這個問題，沒做好應對方法，只能乾笑著說：「還沒考慮這個問題。」

「應該也快了吧。」女生又說，「妳男朋友這次沒跟妳一起啊？是外地人嗎？」

鄭書意垂下眼睛，點了點頭。

岳星洲恍神，本該把蝦放進秦樂之的碗裡，卻丟進了骨盤裡。

秦樂之冷冷地看了他一眼。

「妳男朋友做什麼的啊？也是我們這一行嗎？」

鄭書意「嗯」了一聲。

「挺好啊，同行有共同語言，平時工作上還能幫幫忙什麼的，欸，也是記者嗎？」

「不是。」鄭書意輕聲道。

「啊，那是金融圈的吧？挺好的，金融圈的男人學歷高，條件好。」

女生的本意是想幫鄭書意找找場子，故意這麼說的。

秦樂之又怎會聽不出她的意思，憋著氣很久了，終於在這個時候冷聲開口：「是啊，我認識呢，豈止學歷高，各方面都很優秀呢。」

話音一落，假裝沒八卦的人都一齊看向了秦樂之。

這、這是什麼場面？

包括岳星洲也傻了。

秦樂之攪拌著湯勺，不鹹不淡地說：「海外名校碩士畢業，上市公司高管，年薪高得嚇人，性格也很好，長得也是一表人才，幾乎沒有缺點呢。」

她每說一句話，鄭書意的臉色就沉一點。

到此刻，鄭書意已經猜到她要說什麼。

一抬頭，果然見她聳了聳肩，一字一句道：「只是年齡老了點，並且有個家庭而已。」

「……」

沉默。

席間死一般的沉默。

原本那些幫襯著鄭書意的人也不說話了。

畢竟這種事情，人的本性就是傾向於相信更壞的那一面，而不會在別人言之鑿鑿的情況下去設想反轉出來。

最先出聲打破沉默的是岳星洲，「妳在胡說八道什麼！」

秦樂之也不反駁，笑了笑，「你就當我胡說吧。」

而鄭書意沒有秦樂之想像中的氣急敗壞，只是緩緩抬眼，不偏不倚地對上她的目光，「飯可以亂吃，話是不可以亂說的。」

秦樂之笑著點點頭，「這個道理我比妳懂。」

「是嗎？」鄭書意放在桌下的拳頭攥緊了，卻笑道，「破壞別人關係，插足感情這件事，妳確實比我懂，我至今還沒學會呢。」

「……」

這話說出來，誰還不懂這之間的關係。

原來……岳星洲竟然是出軌分手的。

席間氣氛一度僵硬到令人窒息。

周圍的人看似默默埋頭吃飯，實則尷尬得腳趾快在地上摳出一座精緻古城了。

鄭書意死死地盯著秦樂之，誰也不退讓，光是目光的較勁就已經劍拔弩張。

「好了！」岳星洲出口打斷秦樂之，「別說了！」

也是此刻，鄭書意放在桌上的手機響了。

時宴的來電。

鄭書意神思倏忽間閃動，心頭莫名狠狠跳動，然後僵硬地接起。

電話裡傳來他熟悉的聲音。

『不開心就別待了。』

『下來，我在樓下。』

鄭書意的手僵持著不動，瞳孔驟然縮緊。

短短幾秒，各種情緒像藤蔓一樣在心裡攀爬，交織成密密麻麻的網。

片刻後，鄭書意忽然起身，神色不復剛剛那般淡定。

「我有事先走了，你們隨意吃。」

有人想叫住她，卻又不知道該說什麼，「欸！這、這……」

「鄭書意是不是哭了？」

「這麼多年同學，鬧什麼呢。」

「跟出去看看吧。」

鄭書意不知道為什麼，控制不了自己走路的速度，踩著高跟鞋也忍不住兩三階地下臺階。

她走得很急，短短幾分鐘的路程就出了細密的汗，卻越走越快。

直到推開酒店大門，看見時宴站在噴泉邊。

孑然一身，卻讓鄭書意突然有了安心的感覺。

可就是這樣的「安心」，反而像一塊石頭重重壓在鄭書意心上。

這塊名為「安心」的石頭裡，挾裹著更多的複雜情緒。

有那麼一刻，鄭書意的心揪在一起。

違背了自己初衷的念頭在胸腔裡爆發。

為什麼偏偏是你，為什麼風雨兼程趕過來的人是你。

她站在那裡，雖然不出聲，可是滿臉都寫著委屈。

時宴不知她心裡正在進行天人交戰，抬了抬眉梢，兩步上前，朝著臺階上的她伸手。

鄭書意看著那隻手，指尖微微發顫，沒來得及思考，就緊緊握住。

隨後，她皺著眉，另一隻手也攀了上來。

時宴看了她一眼，什麼都沒說，任由她挽著自己，帶她朝停車的地方走去。

司機連忙下車，為他們打開車門。

上了車，鄭書意還是一言不發，卻一直緊緊抓著他的手。

時宴上下打量她一眼，似笑非笑地說：「參加婚禮都能被人欺負，白長年齡了。」

鄭書意：「……」

她抬頭，眉頭緊蹙，瞪著時宴的時候眼裡有浮光閃動。

「瞪我幹什麼？」時宴偏了偏頭，抬手揉了揉她的頭髮，輕聲道，「欺負妳的人是我嗎？」

鄭書意幾欲開口，話在嗓子眼吞咽好幾次，最後什麼都沒說。

只是她緩緩轉頭時，卻發現酒店門口好不熱鬧。

岳星洲、秦樂之、陳越定，還有兩、三個同桌的人。

他們站在那裡，表情各異，顯然是出來有一下子了，剛剛的一幕全都看在眼裡。

時宴隨著鄭書意的目光看過去，落入他眼中的卻是岳星洲。

他面露不愉，眼神毫不掩飾地沉了下來。

而身旁的鄭書意卻已經降下車窗，直勾勾地看著秦樂之。

那些委屈與憤怒在心裡瘋狂衝撞，來不及沉靜下來思忖，便已翻湧出胸口。

她吐了口氣，笑著伸出手，朝秦樂之勾勾手指，「看什麼呢？見到長輩不過來打招呼？」

時宴輕輕地睇了鄭書意一眼。

而那邊，秦樂之如墜冰窖一般，腦子裡嗡嗡作響。

怎麼會……鄭書意她怎麼會跟時宴……

秦樂之眼神飄忽，不敢去看時宴。

可是……

她的目光再落到前排，駕駛座的司機也是詫異地看著她。

長輩？鄭書意什麼時候知道她跟司機的關係的？

秦樂之看了司機一眼，又瞧見鄭書意那囂張的表情，終於慢慢懂了。

原來在這等著她呢。

知道她是時宴司機的外甥女，所以等著高高在上地羞辱她。

可是……

秦樂之往時宴那一瞟，瞧見他那具有壓迫感的眼神，後背一陣發涼。

腳下像灌了鉛，卻還是一步步走過去。

她不敢不過去。

待她走了幾步，還沒反應過來情況的岳星洲才恍然回神，立刻跟了上去。

不過十幾公尺的距離，秦樂之在車前站定，臉上的表情已經掛不住，始終開不了口。

直到司機探出頭來，一頭霧水地問：「樂樂，妳怎麼在這？」

秦樂之面如土色：「小舅舅，我、我來參加婚禮……」

正一臉跋扈的鄭書意：？

她臉上的表情正以肉眼可見地速度劇烈變化，一臉愣怔，久久回不過神，一寸寸地轉動脖子，看向司機，試圖用盡大腦的所有容量來理清這段關係。

半秒後——

我靠？？？？

叫誰小舅舅？？？？

司機才是妳的小舅舅？？？

與此同時，追上來的岳星洲正好也聽見秦樂之那聲「小舅舅」。

他另一隻腿都還沒收，就僵住了。

小舅舅？

他迷茫地看著秦樂之和司機，又機械地轉頭去看鄭書意，回想起她那天說的話。

半晌，岳星洲一臉疑問地開口：「小舅媽？」

鄭書意瞳孔地震，一口氣沒提起來，差點當場窒息。

「誰是你小舅媽！你可不要亂叫人啊！」

她的腿像彈簧一樣蹬了一下，整個人猛地往車座裡面一彈，抓住救命稻草一般抓住一個人的手。

下一秒。

鄭書意怔怔地回頭，對上時宴的目光，腦子像被重物砸了一下，「砰」一下炸開。

你不是她的小舅舅嗎？怎麼變成了你司機？

時宴看見鄭書意呆滯的目光，很是不解，掀了掀眼，「這些人是誰？」

鄭書意連眼睛也不眨了。

我也想問你又是誰？

你不是她的小舅舅嗎？

我這幾個月到底在幹什麼？

在鄭書意滿腦子問號打群架的時候，時宴看了四周一眼，目光淡淡地掃過神色各異的眾人，最後落在鄭書意身上。

她臉上已經沒了血色。

兩秒後，鄭書意才感覺到自己正抱著誰的手臂。

她眨了眨眼睛，緩緩轉頭，看了時宴的臉一眼，又低頭看抱著他的手一眼。

再看他的臉一眼。

「唰」一下，鄭書意又像個彈力很好的彈簧一樣彈開了。

完蛋了。

以這輛車為中心，方圓一公尺內，光天化日之下，空中像突降一個無形的真空玻璃罩。

「哐」一下，裡外變成兩個世界。

「玻璃罩」外天朗日清，裡面卻連空氣都被抽乾了。

處於玻璃罩裡的人，除了時宴，各個都被突如其來的碰面打亂了呼吸節奏。

司機看著秦樂之，秦樂之看著鄭書意，鄭書意看著時宴，而岳星洲連自己該看誰都不知道。

一股窒息感撲面而來。

大概只有時宴還能順暢呼吸，正常思考。

正因如此，當鄭書意發現時宴有想要探究此刻情況的意思時，她頭皮一陣發麻，腦子裡蹦出一個想法：完蛋。

自己的小命要交代在這了。

可她張了張嘴，嗓子卻像被人扼住，什麼都說不出來。

這一方小小的空間所散發的死亡氣息已經明顯到陳越定都能看出來了。

作為東道主，他完全沒看懂此刻發生了什麼，卻也不能袖手旁觀。剛剛出來的時候聽老同學說了一嘴鄭書意和秦樂之那一檔事，他只覺得腦子疼。現在又看見幾人聚在一起，他不得不上前緩和一下場面。

隔著車窗，陳越定說道：「書意啊，那個……今天不好意思，我這邊照顧不周，沒能安排好，實在不好意思，我……」

「啊。」鄭書意的神思終於被陳越定的聲音拉了回來。眼神還迷離著，半晌才找到聚焦的地方，「沒、沒事，應該我道歉才對，在你婚禮上鬧了不愉快。」

時宴的視線越過鄭書意，無聲地在兩人之間逡巡，隨後落在陳越定身後那群圍觀者身上。婚禮上鬧了這麼一齣，有些好奇的人跟著出來看熱鬧，自然也有知情人充當著解說員的角色。

「不太清楚哇，好像是那個黃色衣服的女生說車裡那個女生插足人家婚姻，給什麼高管當情婦，把人家氣得當場就走了。」

「是車裡那個男人嗎？」

「那肯定不是啊，人家那麼年輕，怎麼可能？」

「現在鬧什麼呢？」

「沒鬧吧，人家正牌男朋友出現了，搞了個烏龍，現在尷尬著呢。」

「噢喲，那這怎麼收場啊？這種事情要是我，要撕爛那些人的嘴吧。」

八卦的人想著或許有知情人聽見了可以來摻和個三言兩語，所以也沒避諱，說話的聲音不大不小。

剛好被時宴聽了大概。

而當下，鄭書意還在跟陳越定說話。

陳越定頭往車窗裡探了一些，眉頭緊蹙，壓低聲音說道：「我真的沒想到她會當面潑妳髒水，我跟她也不熟，實在是對不起，回頭我一定單獨跟妳賠罪。」

完了又看時宴一眼，給了他一個抱歉的眼神。

「啊，不用不用。」鄭書意連連擺手。

陳越定作為新郎，其實也是今天的受害者，鄭書意怎麼可能讓他賠罪。

「只是個誤會，又不是你造成的，算了算了。」

可是她剛說完，身後卻響起一道沒有溫度的聲音。

「算了？」時宴抬手，繞過鄭書意的後背，搭在座椅上，側頭看向窗外的秦樂之，「被人當眾潑了一身髒水，就這麼算了，問過我了嗎？」

他這句話，於不同的人，有不同的效果。

比如秦樂之和司機一聽，後背瞬間發涼。

而鄭書意一聽，卻倏地繃直了背脊。

哥、大哥……別說了……您什麼都不知道就別摻和了。

秦樂之心提到嗓子眼，凜冽寒風中，額角竟然出了一層細密的汗。

時宴或許不認識她，但她可是非常清楚眼前這位是誰。

「時總……」司機作為秦樂之的長輩，雖然不知道具體發生了什麼，但見這幅場景，自然要為自己外甥女說話。

可他還沒來得及說出什麼解圍的話。

一看時宴的眼神，就不敢再說什麼，只能不停對秦樂之使眼色。

秦樂之臉色青一陣，白一陣，回頭看岳星洲，急於想從他那裡得到支持。

可岳星洲的表情十分怪異，直勾勾地盯著鄭書意和時宴，眼神各種複雜的情緒在碰撞著。

誰都幫不了她。

秦樂之憋了半晌，終於吐出幾個字，「時總，其實是因為……」

時宴打斷她：「我沒有讓妳解釋。」

他確實還不清楚具體發生了什麼。

他只知道，那個敢在他面前作天作地胡作非為的鄭書意，在這裡卻被欺負得淚眼婆娑。

那副明擺著「我不想瞭解過程和真相我就要妳低頭道歉」的態度，硬生生地壓在秦樂之頭上。

許久，她揪緊了袖子，面向鄭書意，咬著牙說道：「對、對不起。」

時宴抬了抬下巴，「就這樣？」

「我……」秦樂之心一橫，折斷腰一般鞠了個躬，「鄭小姐，實在對不起，是我沒搞清楚情況亂說話了，是我糊塗。請、請您大人不記小人過，原諒我的魯莽。」

鄭書意：「……」

不，魯莽的不是妳，是我。

她欲哭無淚，可這時狀態慢慢回來了，怎麼也要在時宴面前裝下去。

強擺出一副解氣的樣子，冷冷地笑了一下，還朝她僵硬地揮揮手：「行吧，我也不跟妳計較了。」

等她說完，時宴才緩緩收回落在秦樂之身上的目光。

而鄭書意此刻並沒有因為秦樂之的道歉覺得舒服。

反而……更忐忑。

她看了四周一眼，分析一下自己當下的處境。

前有「真」小舅舅，側有「假」小舅舅。

頓時覺得屁股下面的坐墊都是燙的。
於是，鄭書意悄悄伸出手，一點點朝車門摸索過去，試探性地想要拉開車門。
可還沒摸到把手，時宴突然開口道：「走吧。」
司機立刻發動汽車。
沒有給當前的人留情面，
也沒有給鄭書意留餘地。
慣性帶來的推背感襲來的那一瞬間，鄭書意倏地繃直背脊，嘴角僵住。

鬧劇散去，留下一地雞毛。
陳越定一生中的好日子被鬧成這樣，瞪了秦樂之一眼，朝岳星洲發火。
「你看看你給我搞的什麼事情！我欠你的嗎？」
說完也不給兩人道歉的機會，直接回到酒店內。
其他圍觀的人看了個笑話，指指點點的聲音不絕於耳。
甚至有本就為鄭書意打抱不平的幾個同學直接指桑罵槐了：
「有的人真是，自己做了見不得人的事情還以為別人都跟她一樣。」
「邀請函上說攜家屬出席，要完完整整的一個人，怎麼有人只帶個嘴巴不帶腦子來呢。」

「走了走了，飯菜都要涼了，還吃不吃了。」

如此情形，岳星洲和秦樂之無論如何也沒那個勇氣再回到宴席。

寒風吹落幾片樹葉，在空中打著轉慢慢飄落。

秦樂之看了半空一眼，感覺連樹葉都在嘲笑她的狼狽。

兩人站在空曠的噴泉廣場上，像兩座雕塑，誰都沒有動。

許久，岳星洲才回過神似的，開口道：「怎麼回事？」

「什麼怎麼回事，不就是我弄錯了。」秦樂之背對他，梗著脖子說，「當時我看她來我們公司，邱總又那麼護著她，我當然以為……」

「我不是問妳這個。」岳星洲突然打斷她，「妳小舅舅是怎麼回事？」

他這句話，猶如一把鋒利的刀，切斷了秦樂之緊繃的最後一根神經。

她一動也不動地站著，沒人知道，內裡的精神正在渙散，那些不太美好的回憶完全不受控制地一股股往腦海裡冒。

自從和岳星洲在一起後，「安全感」這個東西就像空中的光柱，抬頭能看見，卻觸摸不到。

因為她心裡有數，岳星洲選擇和她走到一起的原因，有幾成真心，又有幾成物質。

這些她都明白，但路是自己選的，甚至在很多個深夜安慰自己，人都是有感情的，即便岳星洲是為了錢跟她在一起，走到後面，也會有更多的真心的。她家裡確實很殷實，爸爸有一個小型汽車零件廠，雖然不是什麼大企業，但怎麼也能綁住岳星洲了吧。

可是沒多久她就發現，岳星洲的胃口比她想像中大得多。

那天她深夜急病進醫院，一時間只能聯絡自己的小舅舅。

就這樣，岳星洲以為她的小舅舅是那輛勞斯萊斯的主人。

因為這段時間他總是有意無意地提起這件事，似乎在暗示秦樂之什麼。秦樂之又不傻，當即揣摩出他的意思。她心裡雖然難受，可更想小心翼翼地維護這段關係，沒有勇氣否認，每次只能含糊地打太極。

事到如今，誰也裝不下去了。

「我小舅舅怎麼了？」秦樂之紅著眼眶，轉身抬頭看他，「我小舅舅跟你有什麼關係？」

「妳……」岳星洲傻了，不可置信地看著秦樂之，「妳、妳、妳」半天，也說不出什麼。

「我什麼我？我有說過我小舅舅是誰嗎？」

此時此景，秦樂之這段時間擠壓的情緒找到了宣洩口，加上剛剛被當眾折辱，她的眼淚一下子掉了下來。

「全都是你自己的臆想！現在來怪我？你可真不是個男人！」

岳星洲半張著嘴，一百八十公分的大個子在這白日下，竟有一股搖搖欲墜的虛浮感。

搖搖欲墜的何止岳星洲一人。

自從離開酒店，車窗就沒關上過。

一陣陣冷風吹進來，像刀子一樣刮在鄭書意臉上。

這時她還真希望天降幾把刀插死她算了。

「妳很熱嗎？」時宴終是開口了。

「啊？」鄭書意摸摸臉，確實很燙，「不、不冷。」

時宴瞥她一眼，沒再提窗戶的事情，「今天的事情，解釋一下？」

「解、解釋什麼啊？」鄭書意渾身的神經緊繃著，幾乎是靠著求生的本能在支撐她圓話，「哦，你說他們啊，沒什麼大事，就那個女的在酒席上說我壞話。」

「哦……」時宴很輕地點了點下巴，對這個問題其實不是特別感興趣。

他低頭，盯著鄭書意，「妳又要當誰的小舅媽？」

鄭書意一個激靈，心臟活蹦亂跳，大腦險些當機。

她僵硬地看了前排司機一眼，「哈、哈哈，我這麼年輕，當什麼小舅媽，他認錯人了。」

時宴輕笑一聲，滿臉不相信。

把前女友認成小舅媽，虧她編得出來。

具體是怎樣，他也不想追問。

她跟前男友的拉拉扯扯，他一點都不想瞭解。

但鄭書意並不知道時宴的心理活動，她只怕他追問下去，她圓不了話，連忙扯開話題。

「對了，你、你怎麼突然過來了？」

聞言，時宴看了她通紅的臉一眼，抬手鬆了鬆領帶，移開目光，看著前方，漫不經心地說：「來看星星。」

「……」

鄭書意愣了一下，看見時宴瞳孔裡映著的自己，心又猛然跳了一下。

看星星……

她想起自己曾經在訊息上說「想你了」，便出現了滿螢幕的星星。

不是吧……

鄭書意快失去思考能力了，乾巴巴地說：「我們這空氣不太好，好像看不到星星……」

「……」

時宴的目光倏忽閃爍，再次側眼看過來時，已經帶著探究的意思。

鄭書意假裝不知道他在看自己，緊張地咽了咽口水。

正好這時，她的手機鈴聲響了起來。

像在沉浮的浪潮中抓住救命稻草一般，鄭書意連來電是誰都沒看就接了起來。

「喂、喂？」

『書意姐，妳在家吧？』電話那頭響起秦時月的聲音，『我剛到妳家這邊呢，妳有沒有空啊，來泡溫泉啊。』

鄭書意想都沒想就說：「哦，好的好的好的。」

她現在極需脫離當前的修羅場環境去獨自思考人生。

在腦子根本無法正常運轉想出對策的時候，幸好來了個秦時月，鄭書意不管三七二十一，先抓住這根能暫時把她從火坑里拉出來的救命稻草再說。

第二十章　明白

電話掛斷，鄭書意一隻手攥著手機，一隻手撓了撓頭髮。

雖然心裡一直告訴自己不要怕不要怕，怕了容易露餡，可是餘光一瞥見時宴，她就腎上腺素狂飆。

「那個……」鄭書意欲言又止，想著措辭。

平時伶牙俐齒的，嘴裡的火車能跑上喜馬拉雅山顛，可這時卻半天吐不出一個字。

「妳有事？」時宴突然道。

「啊，對對對，」鄭書意點頭如搗蒜，「我朋友約了我今天泡、泡溫泉。」

她又撓了撓額角的頭髮，「那個，我也不知道你今天會過來。」

時宴沒有立即接話，目光在她臉上一寸寸地掃過後，倏地收回，淡淡地看著前方，也不說話。

鄭書意眼珠四處轉，一時不知道該看哪裡。

「那什麼……我們家這邊那什麼，夜景很出名的，你有機會可以去看看。」

「哦，對，我們這裡的石斑魚也很有特色，你有機會去嚐一嚐吧。」

「……」

還有些糊弄的話，她說不出口了，因為時宴的目光落在她眼裡，好像看穿了她這一套行為的背後邏輯似的。

「妳在躲我？」

果然。

您太機智了。

鄭書意咽了咽口水。

「怎、怎麼會呢？你來我家這邊玩，我開心還來不及呢，怎麼會躲你呢，只是我今天確實約、約了朋友。」

說完，她仔細觀察時宴的神色。

看樣子，她的這番說辭好像不太有說服力。

「是嗎？」時宴笑了笑。

而在此刻的鄭書意眼裡，他就算是笑，看起來也有些嚇人。

「妳不會是要去相親吧？」

鄭書意：？

「不是不是！」她反射般瘋狂搖頭，「我相什麼親啊我太閒嗎？」

時宴點頭。

沒說話，卻鬆了鬆領口的釦子。

若說女人心是海底針，那鄭書意的心，可能是汪洋大海裡的一隻草履蟲。

昨晚還一句又一句甜言蜜語，就跟不要錢似的往外冒，聲音又甜又軟，就像這個人站在面前一樣。

時宴也不知道自己是不是夜裡喝了酒的原因，隔著手機，總覺得她每一句話都在撓人。

掛了電話後，他在窗邊吹了一下風。

卻還是在今早，向這個城市出發。

然而當他出現，眼前的女人卻像是驚弓之鳥一般，碰一下就縮進殼裡。

彷彿在這座城市，有什麼不可告人的祕密。

時宴這邊沉默不語，直接導致鄭書意心裡的小劇場演了八百回，連自己上斷頭臺的臺詞都想好了。

不知道他相不相信，也不敢再問。

自己腦子裡還一團亂麻呢，哪有心思去管時宴到底在想什麼。

許久，時宴按壓下心裡的躁意，手臂搭到車窗上，一個眼神都沒給鄭書意。

他的聲音冷了兩度，「哪裡下車？」

鄭書意立刻答：「這裡就可以了。」

話音一落，連司機都猛了咳一聲。

他只覺得，這車裡跟有什麼吃人的怪物似的，這女孩像屁股著火了一般想溜。

時宴的臉色自然也好看不到哪去。

他看著後視鏡，眼裡情緒湧動。

半晌，才開口。

「隨妳。」

大年初四，是迎財神的日子。

今天不走親戚，王美茹叫了幾個朋友來家裡湊了一桌麻將，客廳裡還有兩個小孩子在看卡通。

電視的歡聲笑語與麻將聲交相輝映，一片喜樂氣氛。

因而鄭書意回來時，沒人注意到她。

她也沒說話，直接朝房間走去。

直到打開了門，王美茹才回頭說道：「回來啦？」

鄭書意沒應聲，點了點頭，便反鎖了門。

客廳的熱鬧與鄭書意無關了。

她蹬掉鞋子，大字型倒在床上，睜眼看著天花板。

封閉的安靜房間給了她理清思路的環境，回憶一幕幕畫面像走馬燈一般在眼前重播。

半個小時後，鄭書意第一次理解了什麼叫做剪不斷理還亂。

她盤腿坐起來，薅了薅頭髮，立即打了個語音通話給畢若珊。

很久，那邊才接起來。

『幹什麼幹什麼，我打麻將呢！』

「別打了，陪我聊一下。」

『晚上再說，我等著翻盤呢！』

「我翻車了。」

『哈哈，什麼翻車？』畢若珊笑嘻嘻地說，『妳也輸錢了呀？』

「妳姐妹我撩漢翻車了！」

電話那頭安靜了兩秒。

隨後，響起椅子推拉的聲音和急促的腳步聲。

『行了，這裡沒人了，妳說吧，什麼撩漢翻車？』

鄭書意深呼一口氣，面無表情地把今天發生的事情說給畢若珊聽。

然而她收穫的卻是長達半分鐘的狂笑。

畢若珊甚至笑出了眼淚。

『不是吧，姐？妳開玩笑的吧？真的假的啊？』

「我又不寫小說我編什麼故事？」鄭書意一頭倒在床上，呈自暴自棄狀態，「妳別笑了，我覺得我可能要死了。」

畢若珊沉默了一下，從荒謬的震驚中脫離出來，細細想了這件事，陷入和鄭書意同樣的情緒中。

『是挺那什麼的……我現在理解妳了，畢竟他不是一般人，身分地位擺在那裡，要是被他知道這事，妳可沒有好果子吃。』

畢若珊越說越覺得這事夠扯，『男人都是好面子的，何況還是他那樣的男人。如果他大度也就算了，大不了老死不相往來。要是他心眼小一點，那妳工作丟了都是小事，人家直接讓妳在這個圈子混不下去只是一句話的事，不是我嚇唬妳啊，我是見過這樣的人的。』

鄭書意還是看著天花板，一言不發。

害怕嗎？

當然是害怕的。

但是她現在除了害怕，還有很多其他的情緒，很難單單用一個形容詞就表達出來。

過了一陣子，畢若珊自言自語半天沒等到回應，突然問：『喂，妳到底有沒有在聽我說話？』

「在。」鄭書意嘆了口氣，「我在看我和他的聊天記錄……」

越看越心驚肉跳。

她現在把自己的角色抽離出來，再看自己說過的那些噁心吧啦的話……

她都做了什麼孽啊！

電話那頭安靜許久，畢若珊想到什麼，笑著說：『怎麼，沉入回憶殺無法自拔？』

「回憶殺？」鄭書意嘴角僵住，「這是狼人殺吧。」

畢若珊又笑了好一陣子，『姐妹，擦乾淚，聽我說。』

鄭書意：「嗯……」

『我覺得，這事天知地知，妳知我知，既然沒有第三個人知道——等等，還有其他人知道嗎？』

鄭書意想了想，「還真的有。」

『誰？』

「我一個實習生，我跟她說過這事，但我沒說是誰。」

『哦，那沒事。』畢若珊鬆了口氣，『妳的實習生跟時宴八竿子打不到一塊，沒問題的。』

她清了清嗓子，繼續說：『我的意思是，既然時宴是沒有機會知道真相的，妳索性將計就計。』

鄭書意：？

「不是，妳這想法……」

『我這想法非常兩全其美啊！』畢若珊說，『我早就跟妳說了，就算不圖其他的，光是這個人，跟他談戀愛不虧吧？豈止是不虧，姐妹妳賺翻了好嗎！』

鄭書意眼神微動，慢吞吞地坐直。

『這麼樣吧，意意妳跟我說，撇開其他的因素，妳喜歡他這個人嗎？我尋思這麼一個男人擺在面前，妳沒理由不心動吧。』

「我喜歡他嗎？」

鄭書意想起那一次在電梯裡。

他蜻蜓點水的一個吻，直接導致她神魂顛倒了好久。

她出了神，喃喃自語，「我不知道……」

『唉，那不重要！』畢若珊是個急性子，『他喜歡妳就行了！現在妳自我催眠一下，就當沒這回事，按著現在的節奏走，跟他談個戀愛不香嗎？』

鄭書意沒說話，使勁抓頭髮。

『我知道妳心裡這道坎有點難跨，不過這是目前最好的辦法了，妳好好想想吧，欸不說了，我嫂子催我了，我要回戰場了。』

電話裡響起忙音，而鄭書意手持著電話，緩緩沒有動作。

直到秦時月打來電話，才把鄭書意拉回現實世界。

『書意姐啊，我到溫泉酒店了，妳過來吧，我都開好房間了。哦對了，記得帶上泳衣啊。』

其實秦時月今天本該在家好好待客的，只是年年初四這天都是同一批客人，她回回都無聊到想打瞌睡，還要強撐著笑臉陪客人說話，於她而言簡直是身體與肉體的雙重折磨。

然而今天早上她剛起床，站在樓梯上，聽時宴和她媽媽在那說話，好像是要去青安市有點事情。

秦時月打著哈欠，腦子裡浮現出青安市那聲名在外的溫泉山莊酒店，於是也不管其他的了，好說歹說黏著時宴一起過來。

不過秦時月沒那個習慣去打聽時宴要做什麼事，規規矩矩地跟著時宴來了青安。

到酒店辦理入住時，才突然想起，這不是鄭書意的老家嗎？

那一刻——

秦時月沒有邏輯，沒有推理，僅憑那則深夜點讚的動態就覺得事情沒那麼簡單。

所以，她覺得時宴很可能是來找鄭書意的。

不然大年初四能有什麼事？誰不待在家裡迎財神？

於是她小心翼翼地，試探著問道：「舅舅，你來青安是要見什麼朋友嗎？」

時宴「嗯」了一聲，看起來心情不錯。

這又給了秦時月一些勇氣，導致她追問：「是……鄭書意嗎？」

好像是觸到了什麼敏感處，時宴眉梢跳了跳，側頭看秦時月，卻沒說話。

那就不是否認。

這不可以啊！

鄭書意她「心有所屬」啊！

秦時月差點崩潰。

所以時宴走後沒多久，秦時月便打電話給鄭書意，借著約她泡溫泉以求證時宴是不是跟她在一起。

得到的答案很明顯。

兩人沒在一起，不然鄭書意怎麼會這麼爽快地答應她。

秦時月的腦子平時沒什麼作用，堆積了一腦袋的沃土，一旦根據某個八卦產生了一些想像，就會迅速生根發芽，長成參天大樹。

不過見到鄭書意本人，秦時月有些詫異。

「妳的狀態看起來不太好啊。」

鄭書意無精打采地點點頭，含糊道：「過年忙。」

秦時月給了她一個很理解的眼神。

「一樣一樣，我們這個年紀，又不能像小孩子那樣玩鬧，跟長輩又說不上話，回回乾坐著，跟打坐似的。」

她一邊說話，一邊帶鄭書意往酒店後山溫泉區走。

青安溫泉名聞遐邇，客人絡繹不絕。

秦時月不願跟陌生人共浴，花了錢專門開了私湯，位於山莊後山腰上，竹雕圍欄將半月形的池子圍起來，與其他溫泉相隔甚遠，聽不見人聲，偶爾聞得風吹樹林的聲音。

一個中午的經歷，彷彿抽乾了鄭書意的所有精力。

她趴在池邊任由水波在身上蕩漾，激不起心中一絲絲興趣，腦子裡依然有一團解不開的亂麻。

幸好溫泉有平緩情緒的作用。

金烏西墜，時近黃昏。

最後一次從溫泉裡起身時，鄭書意的心境已經平復了許多，也有心思和秦時月說笑了。

浴室裡，隔著屏風，秦時月一邊擦身體，一邊說：「對了，妳那次相親怎麼樣啊？」

鄭書意：「就那樣吧，我們都是出來敷衍爸媽的。」

「哦……」仗著鄭書意看不見她的表情，秦時月存心想打聽八卦，伸長了耳朵問道：「那妳那個呢……就是妳追的那位，嗯？怎麼樣了？」

同樣，秦時月也看不見鄭書意此刻的表情，只聽見她聲音啞啞地說：「沒、沒然後了。」

「這就不追啦？」

「算了吧，追人太難了。」

秦時月心想也對。

都說女追男隔層紗，可也要看追的是什麼樣的男人吶。

萬一是她小舅舅那樣的男人，那隔的就是一層包著電擊網的紗。

說起小舅舅……

秦時月突然福至心靈。

「妳也別難過，要不然我把我小舅舅介紹給妳，絕對比那個小三的小舅舅要帥要有錢！」

可是鄭書意一聽「小舅舅」三個字，好不容易平復下來的天靈蓋又開始發麻。

「不了不了！我什麼小舅舅都不想認識了！」

雖然鄭書意拒絕得乾乾脆脆，秦時月卻存了心想探究一下她舅舅和鄭書意之間的關係。

直接試探她肯定是不敢的，但是間接的方法卻有一百八十個。

比如她拉著鄭書意拍了張合照，轉頭就傳到了家庭群組。

『和好朋友來泡溫泉囉。』

親戚們都冒了泡，唯獨時宴沒有。

這讓秦時月越發抓心撓肝。

窺探八卦的力量強大到讓她打開時宴的聊天欄，伸出腳，在被掐掉經濟來源的危險邊緣瘋狂試探。

秦時月：『書意姐姐感情受挫，趁虛而入的好機會。』

秦時月：『猶豫就會敗北，果斷就會白給！』

這邊傳完，她立刻自然地銜接上鄭書意的話題。

「真的不用嗎？我小舅舅很不錯的，肯定比妳追的那位帥。」

鄭書意快把腦袋搖成了撥浪鼓，秦時月還是像推銷員一樣推銷自己小舅舅。

直到兩人走到酒店大廳——

明晃晃的燈光下，時宴闊步而來。

四周人來人往，他一身挺括西裝，如初見那次一樣，金絲框眼鏡綴著倏忽光束，而鏡片後的那雙眼睛，直勾勾地看著鄭書意。

一股無形的壓迫感瞬間包圍了鄭書意。

怎麼、就他媽、這麼、巧、呢！

鄭書意石化在那裡，腦子裡的弦全都繃了起來。

她眼睜睜地看著時宴朝她們走來。

然後，秦時月笑吟吟地叫了一聲「小舅舅」，時宴輕輕地應了一聲「嗯」。

嗯。

又是小舅舅……

等等——

小舅舅？

再然後。

鄭書意看見時宴扭頭看她。

「妳的感情受什麼挫折了？」

「……」

那一刻，鄭書意聽見自己腦子裡幾萬根弦一起斷掉發出的天崩地裂的聲音。

我——感情受什麼挫折了？

鄭書意還沒從秦時月那聲「小舅舅」帶給她的震驚中回過神，又被時宴這句話問傻在原地。

她愣怔住，眨了眨眼睛，絕望中透著幾絲迷茫。

秦時月在一旁捂了捂額頭，都沒眼看自己小舅舅。

我告訴你情況，是讓你趁虛而入，不是叫你來這麼打直球的。

感情受了什麼挫折是重點嗎臭直男！

重壓之下，秦時月還是決定背負起責任，站出來打破這僵硬的場面。

她用拇指和食指掐出一個指甲蓋大小，說道：「舅舅，我跟書意姐閒聊呢，她只是受了一點小小的挫折，倒也不是——」

鄭書意：「……」

原來是這樣。

秦時月這妹妹真的……

幹啥啥不行，給她挖坑真的是世界級冠軍。

然而秦時月沒把這場面打破，自己解釋的話倒是被打斷。

時宴完全無視她想要緩和氣氛的欲望，也沒看她一眼，目光還落在鄭書意身上，說道：

「妳回自己房間去。」

這句話自然是對秦時月說的，反而把現場氣氛弄得更緊張。

雖然秦時月也不明白為什麼時宴一句「妳的感情受什麼挫折了？」會讓她感覺四周有一股逼近於劍拔弩張的緊張感。

但她知道自己是不能再繼續待在這裡了。

「哦，那我先回去了……」

說完，那兩人誰也沒給她一個眼神，依然浸在那微妙的緊張氣氛中。

好像兩人之間有一根看不見的導火線，誰伸手撥動一下，就會瞬間引燃空氣。

認清了形勢，秦時月咻一下就溜了。

不過進電梯前，她忍不住回頭，正巧看見時宴拽著鄭書意的手，往長廊走去。

酒店長廊環山而建，露天無壁，側面是潺潺的流水，頭頂懸掛著精緻的木雕路燈。

這樣的雅致環境下，時宴卻很不耐煩，不顧鄭書意的掙扎，冷著臉拉著她朝走廊盡頭走去。

鄭書意感覺自己的手腕都要斷了。

這還是其次，主要是她不知道自己接下來要面臨什麼樣的狂風暴雨。

如果不是走廊上還有來來往往的客人，她甚至想不顧形象就地賴著不走了。

可是以時宴此刻的力道，根本由不得鄭書意想要賴，甚至還要一路小跑踉踉蹌蹌地才能跟上他的腳步。

長廊盡頭是溫泉酒店自己的酒吧。

暮色剛至，酒吧裡曖昧的燈光搖曳。

只有零零星星的客人坐著低聲聊天，調酒師在吧檯安靜地擦拭著玻璃杯。

時宴大步進來，隨便挑了個沙發，把鄭書意往面前一拉。

鄭書意剛鬆了一口氣，肩膀被人一按，「撲通」一下，坐到了沙發角落裡。

緊接著，時宴跨進來，蹬了一腳桌子，直接坐到她面前。

鄭書意下意識就想站起來，他立刻伸直一條腿，橫跨在鄭書意面前，動作不符合他一貫的斯文形象，卻有效地形成一個封閉的圈子，攔住了她可躲藏的去路。

時宴手肘一屈，靠到沙發背上，朝鄭書意抬了抬下巴。

「來，妳現在可以說一說我怎麼讓妳受挫了。」

鄭書意：「……」

半晌，鄭書意用僅存的理智搞清楚的現在的情況。

秦時月說她感情受挫，時宴自然而然就理解為在他這裡受挫。

那……

如果她要是說在別人那裡受挫，可能要橫著走出這家酒店了。

鄭書意攥緊了拳頭，想把秦時月拖出來打一頓。

好一陣子，鄭書意又細又抖的聲音響了起來：「倒、倒也不是什麼大事，你看之前我不是誤會你看上秦時月了嗎？我可難受了，今天又知道你跟她一起來青安的，我……我難受呀。」

鄭書意說著說著，還入戲了，一副泫然欲泣的模樣。

管他的，十五的事情十五去解決，先活過初一再說。

可是她一抬頭，見時宴一副看她表演的表情，明顯完全不相信。

「現在知道你們是親戚了，早說嘛，我也就不會想那麼多了。」鄭書意收了那副神情，乾笑道，「我現在好了，我的挫折沒有了。」

說完，她緊張地等著時宴的回應。

然而時宴只是靜靜地看著她。

朦朧的桌燈映著溫柔的暖黃色，橫在兩人視線之間，像平靜的泉水，承載著時宴情緒湧動的眼神。

鄭書意的奇怪他不是看不出來，這一嘴的火車他也不會相信。

可是——

他有時候真的拿鄭書意沒辦法。

明知道她一腦子的小心思，卻總是一次又一次地妥協。

反正，她再怎麼作，都還在他可忍受的範圍之內。

許久，他無聲地嘆了口氣，收回攔著鄭書意的腿，傾身往她面前靠了些。

鄭書意緊張得揪緊了袖子。

好在時宴只是調整了自己的姿勢，換了一個舒服的坐姿，垂頭看著鄭書意。

「說的這麼情真意切。」時宴帶著幾分不太真切的笑意，「所以妳就這麼喜歡我嗎？」

鄭書意手指輕顫了一下。

這個問題問得好。

好到可以直接把她安葬了。

「我……」她緊張到手心都在發熱，聲音也有些飄忽，「我確實是個心眼很小的人。」

「不要避而不答。」時宴突然抬手扶住她的後腦勺，斷了她躲避對視的想法，「說啊，妳有多喜歡我。」

音樂聲在這一刻飄得很遠，鄭書意耳裡迴盪著時宴的這個問題。

見她久久不說話，時宴換了個問法。

他靠近一些，壓低了聲音，帶著蠱惑的意味，只有鄭書意能聽見：「那跟妳那個前男友比起來，更喜歡他，還是更喜歡我？」

這是什麼選項？

她能都不選嗎？

很顯然，她不敢。

本著最後的求生欲，鄭書意一個字一個字地蹦出來：「當然是你。」

得到這個答案，時宴似乎是被取悅了，勾了勾唇，笑得很溫柔。

扶在鄭書意後腦勺的手掌往下滑，拂了拂她的頭髮。

「嗯。」他輕聲說，瞳孔裡映著鄭書意的臉，「我相信妳這一次。」

鄭書意目光閃了閃，緊接著，他又靠近了些。

「那妳什麼時候只喜歡我？」

鄭書意：「……」

鄭書意感覺，她快要窒息了。

這都是什麼死亡問題啊。

她的臉在極度緊張的情況下，一層層地加深紅暈，連呼吸都亂七八糟地拍在時宴臉上。

見她這幅模樣，時宴緩緩鬆開了手，坐直了，也給了她呼吸的空間。

可是鄭書意並沒有因此緩解分毫。

反而是時宴這一句，讓她更清晰地意識到，他是一個有絕對占有欲的男人。

如果被他知道——

鄭書意抬頭看了看窗外的路燈。

月朗星稀，樹影斑駁。

這樣美的夜景，以後怕是再也看不見了。

幸好這時，鄭書意的手機響了，她慌張地抓出手機，立刻接通。

時宴側了側身，留出單獨接電話的空間給她。

電話那頭，是鄭書意的爸爸，『意意啊，今晚回家嗎？不回家的話我和妳媽媽就不留門了。』

鄭書意聲音有些慌：「回啊，我肯定要回的。」

『沒關係，妳跟妳朋友在外面多玩一下唄。』

「嗯嗯，我馬上就回家，您別擔心。」

『什麼？』

說完，鄭書意立刻掛了電話，看著時宴。

「我爸來接我了，我要回家了。」

時宴饒有興味地看著她笑：「這麼乖？天黑了必須回家？」

鄭書意僵硬地點頭。

片刻後，時宴才收了腿。

鄭書意站起來，剛經過他面前，卻被他抓住手腕。

「那妳明天盡一下地主之誼？」

「什麼？」鄭書意愣住。

時宴仰頭看著她，目光直接，「妳該不會不知道，我是為了妳才來青安的吧？」

鄭書意走後，時宴在酒吧坐了一陣子，點了杯莫吉托。

客人逐漸多了起來，酒吧關了音樂播放機。

吧檯旁的聚光燈亮起，一個梳著馬尾的中年男人提著吉他安靜地坐到支架麥克風旁。

原本酒吧裡有些喧鬧，但當他聲音響起那一刻，所有人的注意力都被他吸引，紛紛轉過頭來。

「Look at me like I am crazy，

When I shout my feelings out.

look at me like I am different，

Still you take it for something real.」

男聲低沉醇厚，帶有閱歷的聲音將簡單的歌詞沉入繾綣愛意中。

酒吧裡坐著的情侶專注地聽著他吟唱，緩緩依偎在一起。

在這輕緩的音樂聲中，時宴腦海裡浮現出鄭書意的臉。

她撒嬌時、耍無賴時、緊張時、生氣時……

她總是有很多情緒，可時宴好像還從來沒見過她恬靜溫柔的樣子。

所以想帶她來這裡，想聽她在耳邊低聲密語。

一首歌一晃便結束，室內響起掌聲。

時宴突然放下杯子，起身朝吧檯走去。

離開酒吧時，天才剛剛全黑了下來，但時宴毫無準備地來了青安，也沒其他要緊事，便準備回房間休息。

剛出了電梯，看見司機范磊站在他房間門口，滿臉躊躇，兩次想抬手按門鈴，卻終是沒按下去。

「有事？」

時宴的突然出聲把范磊嚇了一跳。

回過神來，他略緊張地說：「時總，我特地過來是想為我外甥女的事情道個歉。」

今天下午，在鄭書意經歷生死劫的時候，他也沒閒著。

經過中午那一齣，秦樂之和岳星洲分崩離析，大吵了一場，肯定是沒辦法在他家裡待下去了。

而她一個人在青安無依無靠的，只能哭著打電話給自己舅舅。

正好時宴今天也沒有再出行的計畫，范磊便去陪著秦樂之找了酒店住下。

一路上，秦樂之哭著把事情的原委全都告訴他了。

他們幾個人之間亂七八糟的東西范磊不想管，可是他很明確地知道，秦樂之這一下是把鄭書意澈底得罪了。

而他天天幫時宴開車，平時在駕駛座眼觀鼻鼻觀心，但很清楚鄭書意在時宴那裡是怎樣的地位。

時宴若是記恨秦樂之倒還好，她家裡也還算殷實，就算沒了工作，回老家也能過得好好的。

可范磊不一樣，他不能靠著秦家，自己又沒什麼本事，若是被時宴遷怒，丟了這份薪水可觀又乾淨輕鬆的工作，他還真的不知道能去做什麼。

所以思來想去，他覺得自己還是要表個態。

時宴看了手錶一眼，見時間還早，便說：「你說。」

范磊醞釀一下措辭，簡單地說：「我外甥女不懂事，確實之前影響了鄭小姐和她前男友的感情，這一點我也說過她了，她也知道錯了，已經跟那個男人分手了，回頭我也會讓她就這件事跟鄭小姐道歉，然後——」

時宴突然打斷他：「道歉？然後讓書意和前男友舊情複燃？」

「啊？」范磊意識到自己說錯了話，立刻搖頭，「我不是這個意思，肯定不能舊情複燃，那個前男友太不是個東西了，鄭小姐是懸崖勒馬。」

時宴的重點向來不跟范磊契合，他點了點頭，問道：「她前男友怎麼不是個東西了？」

其實范磊聽得出來，同女人一樣，作為男人，「前男友」也是一根如鯁在喉的刺。

這個時候，對他最有利的走向，是使勁貶低岳星洲，這樣時宴舒服了，他也就好過了。

「真是愛慕虛榮到了極致，」范磊皺了皺眉，「他作為一個男人，不想著自己努力，只想走捷徑一步登天，以為您是……」

說到這裡，他突然卡住。

好像說太多了……

時宴卻對這個突然的停頓很不爽，「以為什麼？」

范磊心一橫，想著說出來或許可以轉移一下戰火。

「就是個誤會，他以為您是樂樂的舅舅，所以才甩了鄭小姐跟樂樂在一起的。」

說完後，對面的人遲遲沒有動靜。

范磊如芒刺在背。

他知道自己不是個聰明的人，經常說錯話，所以工作的時候儘量不開口。

時宴一直沒說話，他的心立刻涼了一半。

看來自己這招又想岔了。

他緊張地去看時宴的臉色，果然是不出所料地難看。

平日裡那副眼鏡看起來就有拒人千里的冰冷感，此刻他眼神陰沉，更是讓不寒而慄。

「原來是這樣。」許久，時宴才自言自語般說了這麼一句。

范磊戰戰兢兢地，不知道該不該繼續說話，「他……」

「知道了。」時宴瞇了瞇眼，沒說什麼別的，「你去休息吧。」

范磊走了，時宴卻在走廊上站了好一陣子。

樹葉被燈光投射到牆壁上，風一吹，黑色的影子便毫無章法地擺動。

時宴知道自己此刻的猜想很荒謬，可就像此時牆上的影子一樣，再雜亂，那也是實物投影，並不是憑空出現的。

況且這樣荒謬的猜想，反而和一切事實全都對上了。

在鄭書意這裡，又有什麼荒謬的事情是她做不出來的呢？

所以她為了那個「外甥女」來接近他，也完全是她做得出來的事。

思及此，時宴突然自嘲地笑了。

他以為她想要錢想要權，結果並不是。

從頭到尾，她只是想利用他來達到自己報復的目的。

這時，身後有酒店服務生推著餐車經過時宴身旁，「先生，麻煩讓一讓。」

時宴側身，目光落在服務生臉上。

服務生被他的眼神嚇了一跳，以為自己只是送個餐就招惹到這位了。

下一秒，時宴回過神，拿出房卡。

「滴」一聲，門開了。

時宴卻沒進去，他低著頭，沉默地看著地面。

好一陣子，他才轉身朝另一間房走去。

此時秦時月剛剛敷了個面膜，正準備美滋滋地點個宵夜，一聽見門鈴聲，以為是酒店主動送來了東西，光著腳就跑來開門了。

「誰啊？」她一開門，卻看見時宴站在門口，「小舅舅？」

時宴上前一步，逼得秦時月連連後退。

作為他的外甥女，秦時月跟他生活了這麼多年，對他的情緒變化很敏感。比如此刻，時宴雖然沒有說話，秦時月卻能感知到四周涼颼颼的氣息。

這是怎麼了？

「你怎麼過來了……書意姐……走了嗎？」

時宴一手撐著門，盯著秦時月看了很久。

直到看得她害怕，時宴才「嗯」了一聲。

秦時月又退了一步：「哦……那你找我有什麼事嗎？」

「沒什麼事。」時宴語氣輕飄飄的，可那姿勢卻透著一股壓迫感。

他低頭，以絕對的身高優勢壓制秦時月，以逼迫她說實話，「我沒辦法趁虛而入，怎麼辦？」

「啊？」秦時月驚得下巴都要掉了。

她小舅舅居然承認了這個「趁虛而入」。

甚至還會對她說出這種……難堪的話？

「怎、怎麼可能呢？」秦時月決定給他增加一些自信心，「小舅舅你這麼優秀，全世界找不到第二個比你好的，你再稍微努力一點點，還不是手到擒來。」

「是嗎？」時宴睥睨著秦時月，細細看她的神色，「她心裡有人，我能怎麼努力？」

「什麼？」秦時月愣了一下，好一陣子才反應過來，「啊，你說這個啊。」

她皺眉想了想，覺得她可真是為了自己小舅舅操碎了心，希望他能記住這份情。

「她之前確實有追過其他男人，不過小舅舅放心，那不是真愛的，她是有其他原因的。她不是放棄了嘛，是你的好機會。」

「嗯。」時宴淡淡道，「還真的是這樣。」

秦時月連連點頭：「對啊對啊，你只要——」

話沒說話，門突然被猛地關上，嚇得秦時月的面膜差點掉了。

「什麼鬼啊……」秦時月摸著臉頰小聲抱怨，「來大姨夫了嗎……」

門外，時宴的手機鈴聲隨著關門聲一同響起。

是樓下酒吧的大廳經理打來的電話。

『喂，請問是時先生嗎？我是酒吧的經理，我這邊再跟你確認一下，明晚八點到淩晨兩點包場是嗎？』

『先生？您在聽嗎？』

『先生？』

幾秒後，電話裡響起時宴平靜的聲音。

「不用了。」

第二十一章　您的訊息已發出

秦時月是個到哪都不會虧待自己的人，即便被時宴摔了門，也不會影響她吃酒店特供的套房宵夜的心情。

她喝著白葡萄酒，吃著生蠔，又做過全套SPA，所以即便一個人在房間裡看電影，也覺得是一種享受。

可是沒有節制的報應總是來得出其不意。

夜裡兩、三點，秦時月看完電影打算睡了，卻感覺胃部隱隱作痛。

時不時的胃痛也是老毛病了，她不管，喝了點熱水就鑽進了被窩。

然而在床上翻來覆去近兩個小時後，床單上已經浸了一層濕汗。

秦時月迷迷糊糊地睜開眼，從枕頭底下摸出手機看了一眼時間。

凌晨四點四十五。

正是黎明前最黑的時候，窗外一點亮光都沒有。

秦時月又強迫自己閉上眼睛，可腸胃卻越發難受，疼痛被黑夜放得無限大。

幾分鐘後，秦時月強撐著坐了起來，思來想去，還是打了個電話給時宴。

沒想到對方很快接起。

「舅舅，你還沒睡？」

時宴沒回答她這個問題，『妳有事？』

秦時月被折磨得筋疲力盡，也沒心思想其他的，虛弱的聲音聽起來像是快要斷氣一般，「我胃疼……」

電話那頭的男人有些不耐煩地說：『把衣服穿好。』

秦時月沒聽清楚：「嗯？什麼？」

『起來穿好衣服，我帶妳去醫院。』

掛了電話，秦時月剛換好衣服，門鈴就響了。

她捂著肚子走過去開門，見時宴衣衫整齊，但穿的還是白天那套，沒換過衣服。

「舅舅，你沒睡啊？」

時宴還是沒回答她這個問題，打量了她蒼白的臉色一眼，皺了皺眉，說道：「能自己走嗎？」

秦時月垂著眼皮點了點頭，「還行吧。」

時宴看著她，嘆了口氣，轉身蹲下。

「上來。」

深夜的酒店安靜得能聽見外面的風聲。

秦時月趴在時宴背上，這個近距離，才聞到時宴身上有淡淡的酒味。

「舅舅，你喝酒了啊？跟誰啊？」

時宴沒有理她，只感覺到自己的衣服被她緊緊揪著，還一陣陣地抽氣。都疼得冒冷汗了，秦時月卻還在想，她舅舅平時雖然看起來冷冰冰的，但其實並不是一個薄情寡義的人。

不僅如此，和他親近的人會知道，他護短起來簡直不講原則。站在道德制高點上看，這絕對不是可圈可點的優良性格。但對於女人來說，這完全是無法拒絕的特質。

所以，沒有女人能拒絕她的小舅舅，沒有！

「舅舅，你今天問的話是什麼意思啊？」

這時候，秦時月還不忘關心她舅舅的終身大事。

「沒什麼。」

「唉，我跟你說，女人都是口是心非的。」秦時月聲音越來越弱，幾乎是咬著牙忍住疼痛在說話，「像你這種男人，只要稍微主動一點，沒有女人能抵擋你的魅力的，我別的地方腦子不行，但這方面是很懂的，你再加加油，天下你都有。」

「閉嘴。」

「哦……」

到了醫院，值班醫生幫秦時月檢查了一下，並不是什麼大問題。這段時間春節，大大小小的聚會沒斷過，光是酒都比平時多喝不少，加上今晚吃了些生蠔，所以急性胃炎來得也不算意外。

不過見了醫生，知道只是小毛病後，秦時月瞬間覺得舒服多了，坐上車後還滑了滑社群。

在醫院折騰了一陣子，出來時，天已經濛濛亮了。

新春的樹枝在清晨的霧氣中冒了嫩芽，清潔工拿著掃把開始清掃公路。

今天應該是個豔陽天。

秦時月打了哈欠，盤算著回去補個覺後，去青安的地標性建築中心公園逛逛。

思及此，她便想問問時宴有什麼安排。

一轉頭，卻見他靠在背椅上，閉著雙眼，平靜得像是睡著了。

但秦時月知道他沒睡，並且心情似乎不太好。

半夜被折騰進醫院，換誰心情都不會好，因此秦時月很有自知之明的閉上了嘴。

許久，在秦時月也昏昏欲睡時，身旁的人突然開口了。

「回去收拾一下，我們回家。」

「啊？」秦時月倏地清醒，「昨天才來呀，怎麼就回家了？」

時宴慢慢睜開眼，摘下眼鏡，揉著鼻樑骨，說話的聲音帶著一絲沉啞。

「妳病了。」

「其實我……」秦時月摸了摸肚子，「還好吧。」

她這胃炎是老毛病，來得快也去得快，只要吃了藥休息一陣子便能恢復元氣。

可時宴的語氣不容置喙。

一想到回家做不了什麼就又要上班了，秦時月的臉皺成一團，沮喪地看著窗外。

「唉，感覺幾天假期過得好快，回去又要上班了。」

時宴：「那妳可以不去。」

一聽時宴那毫無溫度的聲音，秦時月立刻否認，「沒有沒有，我沒有不想去，我愛工作，工作使我學到很多東西，使我成長。」

時宴戴上眼鏡，輕笑了聲，又刺得秦時月一陣激靈。

「不想去就別去了，在家養病。」

他這麼一說，秦時月頓時覺得自己得個胃癌也值得。

「嗯，舅舅你說得對，我最近身體確實不太好，要好好養養。」

清晨，王美茹趕早去超市搶了最新鮮的菜，回到家裡還不到九點。

她習慣性去敲鄭書意的房間門，裡面沒動靜，便直接推開。

「太陽都曬到屁股了還不起床！」

話音落下，卻見鄭書意抱著腿坐在窗臺上。

王美茹陰陽怪氣一番，「喲，今天太陽打西邊出來啦？」

鄭書意披散著頭髮，回頭看了她一眼，低低地「嗯」了一聲。

「怎麼了？」王美茹上下打量她幾眼，「心情不好？」

「沒有啊。」鄭書意朝她揮揮手，「媽妳先出去，我要換衣服了。」

王美茹努努嘴，輕輕帶上了門，轉頭卻跟鄭肅碎碎念了起來。

「大過年的，你不去關心關心你女兒？起這麼早是要幹什麼？跟中邪一樣。」

鄭肅洗著菜，抱怨道：「人家起晚了妳要罵，起早了妳也不滿意，我看妳就是找事，後天等她回江城工作了，妳又想到不行。」

夫妻倆拌嘴的功夫，鄭書意從房間出來了。

今天雖然出了太陽，但卻沒升溫，特別是天剛亮時，路邊的綠植還凝了霜。

鄭書意今天難得把頭髮綁成了馬尾，裹著圍巾，沒怎麼化妝，只描了描眉毛。

她拿上包，直接往大門走去。

「爸，媽，我今天有事，晚上不用等我吃飯。」

說完的同時，響起關門聲。

王美茹和鄭肅在廚房裡愣了一下，面面相覷。

「看來還真的是心情不好。」

「我生的我能感覺不到？」

鄭書意搭車到水族館門口。

昨晚，當時宴要她盡一下地主之誼時，她第一個想到的地方是中心公園。

可是轉念一想，大冬天的逛什麼公園，便提了水族館。

沒想到這麼幼稚的地方，時宴居然一口答應了。

水族館十點開門，鄭書意昨晚和時宴約的也是十點，不過她提前了半小時到達約定地點。

因為昨天一整夜，鄭書意幾乎沒有過深度睡眠。

即便經過了一個晚上的輾轉難眠，她也沒想好要怎麼面對時宴。

她不知道秦時月有沒有跟時宴說過她的事情。

如果說了，為什麼兩人到現在都沒有動靜。

如果沒說——

不，遲早有一天還是會說的，畢竟他們才是血濃於水的親人。

秦時月和鄭書意短暫的交情根本包不住那團火。

雲層散去，金燦燦的陽光灑在水族館門口的廣場上。

看起來像是春暖花開的日子，其實寒風依然像刀子一般刮得臉生疼。

不知不覺就快十點了。

入口處已經來了不少人，有的在排隊買票，有的在買路邊的小東西，卻不見時宴的身影。

鄭書意踮起腳，緊緊盯著入口處。

遠處儼然的小旗幟在風裡張牙舞爪，沒有一刻停歇。

越是臨近十點，鄭書意心裡越是發慌。

有時候預感來的毫無道理，卻又迅速在心裡扎根發芽。

比如此刻，她隱隱覺得時宴不會來了。

一產生這個想法，鄭書意的心好像突然被揪住，懸在胸口，堵住呼吸的通道。

她的手指無意識地摩挲著袖子，找不到安放之處。

這樣乾等的情緒像藤蔓一樣在身體裡緩緩攀爬，撓得人難受。

半晌，鄭書意轉身去便利商店買了兩瓶礦泉水，走動兩下，然後繼續等著。

這幾分鐘的每一秒，都像被慢放了十倍，每一秒，都像是煎熬。

當廣場中心的掛鐘指向十點整的那一刻，鄭書意突然感覺到一陣下墜感。

像沉入水裡，波浪平和，卻沒有著力點，只能任由自己一點點下沉。

廣場上放起了歡樂的音樂，成群結隊的小孩子蹦蹦跳跳地從大門跑進來，帶來一陣陣歡聲笑語。

鄭書意盯著掛鐘出了一下神，呆呆地看著牆面，一個賣花的老太太經過她身旁，不小心撞了她一下。

鄭書意驟然回神，卻不知道該幹什麼一般，左右挪了兩步，最後又站回原處。

又是二十分鐘過去。

像過了二十年一般漫長。

有好幾次，鄭書意想拿出手機問問時宴怎麼還沒來。

可心虛也好，愧疚也好，她始終沒有邁出這一步。

因為她清清楚楚地知道，時宴絕對不會無緣無故遲到。

他沒來，肯定是有原因的。

鄭書意只是不想承認而已，也不想親手去戳破這一點。

過了一陣子，她裹了裹圍巾，抱著兩瓶礦泉水，站上了賣票窗口旁邊的臺階。

那裡視線好，能夠將入口處的情況盡收眼底。

然而在她看不見的廣場側面，一輛車已經停了很久。

時宴比鄭書意到的早。

原本早上八點多，他和秦時月已經踏上了歸途。

但當車快要開到高速公路路口時，時宴突然吩咐司機改了道。

他不知道自己為什麼要來，明明可以一走了之。

但是真的來了這裡，他卻找不到下車的理由。

剛到的時候，這裡一個人都沒有，空曠的廣場上偶爾有幾張傳單被風吹起。

秦時月放倒了副駕駛的座椅，蓋著外套睡得很香。

時宴靜靜地坐在車裡，直到於陽光下，看見鄭書意走了過來。

隔著幾十公尺的距離，鄭書意的馬尾在光下輕輕晃悠，她穿著牛仔褲和白球鞋，揹著雙肩包，像個女大學生，但時宴還是一眼認出了她。

看著她去機器前取了票，看著她在綠化帶旁安靜地站著，低著頭，雙腳時不時踢一下小石子，也看著她好幾次拿出手機，最後卻又放進包裡。

時宴雙手抱在胸前，就這麼平靜地看著遠方的她。

十一點整，海洋館裡第一個節目開始，場內的歡呼聲和音樂聲快掀翻了屋頂。

而這個時候廣場上已經沒什麼人了。

裡面越是熱鬧，就顯得外面越是冷清。

鄭書意心裡已經有了答案，也無法在時宴遲到的一個小時候再自欺欺人。

兩瓶水一口都沒喝過，她抱在胸前，慢吞吞地朝出口走去。

但走出大門的那一刻，她還是忍不住，回頭看了廣場上的掛鐘一眼。

萬一呢。

那一絲比頭髮還細的僥倖心理攔住了鄭書意的腳步。

她走到門邊，撥通了時宴的電話。

響了幾聲後，電話被接通，可是對面的人沒有說話，甚至連呼吸聲都聽不見。

鄭書意也沉默了一下。

這通電話安靜到鄭書意覺得對面根本就沒有人。

好一陣子，她才小心翼翼地問：「你不來了嗎？」

通話似乎卡頓了片刻。

緊接著，對方的聲音終於響起。

『我來陪妳演戲嗎？』

懷裡的礦泉水突然掉了，迅速地滾到路邊。

鄭書意呆滯地站在大門口，感覺渾身一下子涼透，連指尖都在輕輕顫抖。

而她的嗓子像浸泡在酸水裡，想說話，卻被澀噎的感覺堵在胸口。

幾秒後，她還沒來得及說出那聲「對不起」，電話裡就響起了忙音。

大年初五俗稱破五節，拜財神，送窮鬼，家家戶戶煮上餃子，準備博一個好彩頭。

鄭書意家也不例外。

傍晚，王美茹在廚房剁餃子餡。

廚房的窗戶臨近鄭書意房間的窗戶，她刻意用了大力，力求鄭書意能聽到她的不滿。

「咚！咚！咚！」

王美茹洩憤似的握著刀柄往菜板上砸。

「二十幾歲了，還只知道蒙頭睡覺，跟豬有什麼區別，大過年的，回來就睡，我看要長在床上了！」

「也不知道出來幫幫忙，懶成這樣，真不知道她一個人在江城日子是怎麼過的！」

鄭肅擀著餃子皮，笑瞇瞇地說：「兒孫自有兒孫福，妳操這麼多心幹什麼？」

「不是你身上掉下來的肉你當然不操心。」王美茹冷哼了一聲，「你看看你女兒這個樣子，她以後最好是有那個福氣被人伺候，不然遲早把自己餓死！」

念了幾句後，她把菜刀一放，氣衝衝地推開鄭書意房間。

「吃飯了！還要我請妳嗎！」

鄭書意從被窩裡鑽出腦袋，悶悶地「哦」了一聲。

從水族館回來後，她騙爸媽說吃過午飯了，然後把自己關進房間，陷入昏天暗地的睡眠中。

至於為什麼睡覺——

時宴掛電話前那句話，像一把刀子，直捷了當地戳穿了她最後的僥倖。

腦子裡所有弦斷掉的那一瞬間，帶來的崩潰往往只是暫時的。

而殘留的情緒卻於無聲無息處悄悄蔓延。

鄭書意不知道自己是怎麼了。

她能明確感受到自己此刻應該是難受的，謊言被戳穿的羞愧，做錯事情的自責，應該都是有的。

可是她始終沒有爆發的情緒出口，不像曾經發現岳星洲背叛時，那樣徹頭徹尾的憤怒。

她甚至根本哭不出來。

現在只覺得一口氣提不上來，像重感冒的病人，呼吸變得不順暢，胸腔裡被什麼酸澀的東西充脹得滿滿當當，精神無法集中。

一做什麼，就會走神。

逃避這種情緒的方法就是睡覺。

她鑽進被窩，把自己裹得嚴嚴實實，睡著了就什麼感覺都沒了。

可睡覺往往又是一種惡性循環。

每每醒來，感覺渾身沒有力氣，而心裡沉悶的情緒並沒有因此得到好轉。

於是只能繼續逼自己陷入沉睡。

但今天的晚飯是躲不過去的，鄭書意隨便吃了幾個餃子，又回了房間。

「我出去打麻將了。」王美茹臨走前，推開鄭書意的房門看了一眼，果然見她又在睡覺，「我說妳睡一天了，是要當睡神嗎？」

「我昨晚看劇看了通宵。」鄭書意的聲音從被子裡透出來，「妳別管我了，我補個覺。」

「我當然懶得管妳。」王美茹理了理袖子，假裝不經意地說，「明天約了我們校長老婆打麻將，晚上去他家吃飯，妳要不要一起來，回來這幾天還沒見過人家喻遊呢。」

鄭書意：「不去。」

王美茹又念了幾句才出門。

本來她也沒把鄭書意這個狀態放在心上，覺得年輕人就是這樣，喜歡躺在床上玩一整天的手機。

然而初六這天，鄭書意還是睡了一整天，她開始察覺有些不對勁了。

初七上午，鄭書意又沒出來吃早飯。

王美茹走進她的房間，問道：「妳不收拾行李嗎？下午三點的高鐵票。」

「東西不多，我現在收吧。」

鄭書意睜開眼，坐起來穿外套。

還沒下床，王美茹就坐到她床邊。

「意意，最近是不是遇到什麼事了？」王美茹靠在床頭，伸手順著鄭書意的頭髮，聲音突然變得輕柔，「工作上不順心？還是遇到其他問題了？」

睡了兩天，鄭書意的頭有些沉，反應也變得遲緩。

直到王美茹身上熟悉的味道包裹著她後，她才緩緩回了神。

然而心頭的情緒堆積久了，像沉澱成砂石，重重地壓在胸腔裡，很難再找到傾瀉口。

鄭書意靜靜地靠在王美茹懷裡，鼻頭酸酸的，嗓子澀噎住，卻沒有開口。

有些情緒，已經不適合展露給父母了。

耳邊只有王美茹的輕言細語。

「如果工作不順心呢，總是可以找到解決的辦法的，不行就讓妳爸爸教教妳，他這輩子什麼難事沒遇到過啊。」

「實在受不了就回家，我們不待在大城市了，青安好山好水，爸媽買新房、新車給妳，照樣過得舒舒服服的。」

「如果感情上遇到了問題，咬咬牙就過去了，妳還年輕，還會遇見很多人呢，沒有什麼非他不可的。」

「但等妳再長一些歲數，有了家庭孩子，再回過頭去看以前那些自己以為會刻骨銘心的事情，其實時間一長也就忘了，還沒紋個眉的時效持久。」

許久，鄭書意才哽咽著說：「媽，我做錯事了。」

「錯了就錯了，誰年輕的時候沒犯過錯呢？以後別再犯就行了。」

「沒有以後了……」

「什麼沒有以後啊，時間就是希望，一切都還有希望。」

鄭書意沒再說話。

她的媽媽不會理解，甚至她自己也不理解，為什麼心裡會有一種無法填補的空蕩感。

許久後。

「好些了嗎？」王美茹輕拍她的背，「好點了就起床，把『青安第一中學最受歡迎教師』

的投票網站分享到妳的社群上，叫妳的朋友幫我投票。」

當時宴看到這則動態時，他正坐在關濟的辦公室裡。

關濟眉頭緊蹙，盯著公司的即時資料監控。

螢幕上一片飄綠，看得關濟一陣心絞痛，「股市無情，真的無情，比女人還無情。」

時宴聞言，將手機反扣在桌上上，手肘撐著椅子扶手，看向窗外。

「是挺無情的。」

還是個沒良心的。

晚上，鄭書意回到江城，行李一收拾，就立刻把家裡上上下下打掃了一遍，又把春天的衣服全都翻出來洗了，最後找不到事情做了，甚至想把窗簾拆下來洗一遍。

但孔楠突然一個電話打來，叫她幫忙校驗一份稿子，才挽救了窗簾被摧殘的厄運。

看完稿子，已是夜裡兩點，經過一天的折騰後，鄭書意倒頭就睡。

天一亮，脖子掛上工作證，走進辦公大樓，工作就是第一要緊的事，什麼情緒都要往後退讓。

春節後第一天復工，大多數人都沒什麼緊張感，早上到了公司第一件事是交換自己帶回來的特產。

隔壁組一個女生抱著一堆吃的喝的，經過鄭書意身旁，問道：「書意，你們青安有什麼特產啊？帶了什麼回來？」

渾渾噩噩的過了兩天，鄭書意哪裡還記得帶什麼特產。

她從電腦裡抬頭，笑道：「我們青安特產美女，妳要一個我嗎？」

「嘶——真不要臉。」女生丟下一包茶葉就走了。

鄭書意斂了笑容，垂眸愣了一下，繼續低頭整理郵件。

忙碌的工作像浪潮，將鄭書意包裹起來，沉浮進所有人的節奏，沒有空間去展露私人的情緒。

十點，秦時月來了。

鄭書意一看到她，突然提了口氣，視線一直落在她身上。

直到她走到自己面前了，鄭書意卻莫名一陣慌亂，直接站了起來。

然而醞釀的措辭還沒說出來，秦時月卻突然開口道：「書意姐，我辭職了。」

鄭書意的表情突然半僵住，「什麼？」

秦時月又重複了一遍：「我是來辭職的。」

看見鄭書意震驚中帶著受傷的樣子，秦時月不好意思地摸了摸下巴，「我最近身體不太好，要回家養養。」

鄭書意能聽出這是藉口，愣怔片刻，還是點了點頭：「那妳好好休息吧。」

「嗯，我去跟總編說一下。」

秦時月剛走，又被鄭書意叫住。

她回頭，問道：「怎麼了？」

鄭書意躊躇許久，不知如何開口。

等了半晌，秦時月的眼神越來越疑惑，鄭書意才說道：「妳舅舅他……他也同意辭職了嗎？」

想到時宴，秦時月也覺得他最近很奇怪，好像完全都不管她了，但還是想在鄭書意面前為他說好話，「當然同意啊，我小舅舅他還是很體貼人的，知道我身體不好，主動說我可以辭職回家養病。」

「……」

鄭書意點點頭，伸手抱了抱她，聲音有些嘶啞。

「再見啊小月，好好養病，要健健康康的。」

「肯定會再見啊，我不是什麼大問題，很快就能恢復了。」

秦時月心想，等我出去玩一圈回來，肯定要約妳喝下午茶的。

時間走得不緊不慢，三、四天過去，所有人都從節假日的餘味中收了心，投入忙碌的工作中。

金融組少了一個秦時月並沒有什麼區別，她的桌子已經不知不覺堆上了各種雜物。

鄭書意每天都有採訪，往往都是上午火急火燎地去了，下午趕回公司寫稿，直到深夜才離開辦公樓。

沒人感知到她偶爾流露的情緒變化，只覺得新的一年，她的工作量比以往大多了。

大概是副主編剛剛離職，她對那個位子勢在必得吧。

週五上午，鄭書意於忙亂中，接到了邱福助理的電話。

原本定在下週的一個訪談，由於邱福的工作變動，問她能不能提前到今天。

鄭書意原本今天還有幾篇稿子要校驗，但她還是一口答應了下來。

午飯後，鄭書意立刻趕往銘豫雲創。

銘豫雲創辦公大樓的八樓至十二樓都是高管辦公室，空間利用率很低，往往一層樓只設置兩個主辦公室，其他都是會議室。

所以除了比公共辦公區安靜以外，也沒有過於忙碌的氣氛。

然而鄭書意此刻站在八樓的的待客區，卻感氣氛無以復加的沉重。

她甚至覺得這裡每一位員工都屏氣凝神，大氣都不敢出。

以前過來時，偶爾還會有臉熟的女員工跟她笑著打招呼，而今天所有人都目不斜視地做著自己的事情，絲毫沒有分神。

鄭書意的感覺確實沒有出錯。

不只是今天，從節後復工的那一天起，這些高層辦公區的員工就發現時宴最近的脾氣特別差，經常在會議上直接訓人。

即便是面對某些年齡比他大很多的高管，也絲毫不給面子，斥得人面紅耳赤。

作為底下的員工，更是大氣不敢出，但凡要跟時宴接觸，都拿出十二分的仔細，生怕出一點差錯。

而平時最是穩妥的CFO祕書秦樂之好像反應最大，見到時宴的時候整個人都不在狀態，恍恍惚惚的，有一次跟著邱福去開會的時候竟然把PPT放錯了。

當時時宴並沒有說什麼，只是摘了眼鏡放在桌上，雙手抱臂，平靜地看著邱福。

邱福心裡一沉，當即就讓秦樂之離開辦公室。

而她至今還沒來上班。

人容易受氣氛影響，鄭書意身處其中，也變得更緊張。

只是她緊張的原因和這些員工不一樣。

她自準備要來這裡，心裡一直抱著隱隱的期待。

或許，可能，今天能見到時宴。

雖然不知道為什麼在這個時候想見到他，也不知道見到他要說什麼，要做什麼，可她內心就是毫無理由地驅動著她，以至於有些坐立難安。

等了近一個小時後，正對面的會議室LED小螢幕終於滅了。

緊接著，門自動打開，一行身著正裝的人陸陸續續走了出來。

為首的自然是時宴。

他身側分別是陳盛和邱福。

邱福手裡拿著平板，時宴側頭微垂聽他說話。

鄭書意一眼看見他，下意識站了起來，雙手抓著單肩包的肩帶，卻踟躕於原地無法上前。

直到邱福餘光瞥見鄭書意，腳步頓了一下，然後在時宴耳邊輕聲說道：「鄭小姐來了。」

於是，鄭書意看見時宴抬頭，目光清清淡淡地從她臉上掃過，隨後，他收回視線，腳步不停。

直接從鄭書意身邊走過去。

像沒有看見她這個人一般，表情沒有任何波動。

鄭書意所有悸動在這一刻戛然而止。

她還怔怔地看著前方，即便身後的腳步已經漸行漸遠。

一秒、兩秒、三秒……

不知過了多久，鄭書意機械地轉身，過道盡頭的電梯已經緩緩爬升到了十二樓。

在原地站了許久，鄭書意眼睛有些酸。

她垂著頭走到角落裡，拿出手機，打開時宴的聊天欄。

心裡打了許多腹稿，平時行雲流水的文筆卻組織不出一段完整的話。

她發現，自己沒什麼可辯解的，也沒有可開脫的餘地。

把對話框裡的內容一個字一個字刪除後，她打了三個字。

——『對不起』。

好像除了這一句，她也沒什麼可說的了。

然而按下發送鍵的那一瞬間，她心裡最後一絲期待也轟然倒塌。

——螢幕上出現一個紅色驚嘆號。

『您的訊息已發出，但被對方拒收了。』

第二十二章　第一個情人節

跟時宴彙報完工作後，邱福很快回了八樓財務處。

鄭書意還在等他，捧著一杯熱咖啡安靜地坐著。

邱福遠遠地看了她幾眼，心中掂量著眼前形勢。

其實邱福是一個非常典型的職場牆頭草，除了做好自己的本職工作外，他也很會看老闆的臉色行事。

比如他感知到時宴對秦樂之有私人上的反感情緒，便手起刀落立刻行動，不讓秦樂之再出現。

而今天的一個小插曲，他也能看出時宴和鄭書意之間可能發生了一些不愉快的事情。

但是他不確定是小情侶之間鬧彆扭還是什麼，而且和鄭書意打過幾次交道後，他本身也挺喜歡這個年輕女孩的工作態度，所以今天還是禮貌客氣地接待了她。

只是難免比平時更添幾分嚴肅正經，中途一句題外話都沒有說過，導致鄭書意全程跟緊他的思緒，完全沒有餘地去想別的。

兩、三個小時的訪談結束後，鄭書意已經被這種正經氣氛包裹。

所以離開銘豫雲創時，她的臉上看不出一絲異樣。

甚至到了計程車上，她也沒有休息，立刻戴上耳機重播邱福的錄音。

但偏偏畢若珊在這時候打來電話。

『我的姐，妳是斷綱了嗎？』畢若珊剛下班，語氣悠閒，『還是我們的感情已經破裂了，我前天傳訊息給妳妳到現在還沒回。』

「嗯？」鄭書意愣了一下，「哦，可能是忘了。」

『好，我接受妳的理由。那今天早上的訊息也沒回，這個妳怎麼解釋，我在妳心裡是完全沒有地位了是嗎？』

鄭書意看著車窗外，彷彿游離於這個世界之外，饒是朋友在電話裡喋喋不休，她也能陷入自我沉默。

所以，即便沒有見面，但畢若珊很敏銳地感覺到鄭書意的情緒變化，她立刻收了那副吊兒郎當的語氣，問道：『妳怎麼了？最近很忙嗎？』

畢若珊主動打開一個傾訴口，可是鄭書意的情緒已經在心裡壓了好幾天，沉澱成了泥沙，不像事情剛剛發生那樣有著山洪一般的傾訴欲。

只是複述事情的經過，幾乎是讓鄭書意重頭再經歷一次這些天的情緒。

特別是講到幾個小時前發生的事情時，她幾度停頓，好像突然失去了語言組織能力，不知道用什麼詞彙來描述那幾分鐘的轉折。

每每回想起時宴那個視而不見的眼神，鄭書意就感覺自己的喉嚨像被人扼住一般。

安靜地聽她說完，畢若珊嘆了口氣，『怎麼會這樣……妳怎麼不早說，唉……我也不知道怎麼辦，我沒辦法假裝感同身受來安慰妳，只能說，事情已經這樣了，唉……』

「是啊，事情已經這樣了。」鄭書意的嗓子像含著沙，完全不像她平時的聲線，「他多驕傲的一個人啊，含著金鑰匙出生的，怎麼會遇到我這種人，他現在肯定很討厭我，討厭得要死了。」

畢若珊是真的不知道說什麼，只能吐出一些沒用的安慰萬能句：『或許事情沒有妳想的那麼糟糕。』

「妳知道嗎，他都把他外甥女弄走了，不讓她待在我身邊了，是澈底不想再聽到有關我的任何事情了。」

畢若珊：『唉，妳別太難過，或許妳跟他見個面就好說話多了。』

「我哪裡還有那個臉面去見他。」鄭書意盯著車窗，陷入低沉後，強行把自己抽離出來，「我一想到他今天當做看不見我的眼神，我就……我就好難受……」

這次連畢若珊都沉默了。

聽鄭書意說了這麼多，她總算是搞明白了。

鄭書意就是喜歡時宴，很喜歡很喜歡他，才會這麼難過。

可是在時宴如此決絕地態度前，畢若珊不能去戳破這一點。

因為她更清楚，讓鄭書意明確知道自己被喜歡的人討厭了，是把她推進更深的泥潭。

『沒關係，不就是一個男人嘛，反正妳的目的都達到了，想想岳星洲和那個秦什麼的，他們現在才是煎熬呢，大概飯都吃不下覺都睡不好。』畢若珊說，『別想了，妳早點回家洗個澡，點份小龍蝦，看看綜藝，睡一覺就好了。』

鄭書意「嗯」了一聲，掛了電話，車已經快開到公司樓下了。

這種時候，她不可能直接回家的。

不想一個人待在安靜的房間裡，孤獨的氣氛會把所有情緒無限放大，這種情況她在前幾天已經體驗過很多次了。

雖然是週末，公司裡還有很多人在加班，所以大家看見鄭書意回來也並不意外。

有幾個女生圍在一起吃甜點，鄭書意面色平靜地去分了一份，便回到座位打開電腦。

一連上網，桌面上立刻出現了一封新郵件。

看到寄件者資訊，鄭書意精神迅速集中，從遊魂般的狀態中脫離出來。

這封郵件可能是最近幾天唯一的好消息。

從去年開始，鄭書意一直在聯絡一位美國金融學家。

他三本聞名世界的經典著作傍身，在業內德高望重，亦是H大學終身教授。

正因如此，他的專訪邀約難如登天。

這大半年期間，鄭書意一共寄了十七封郵件給他，每次內容都不同，求了又求。

在上個月寄出第十七封郵件時，鄭書意甚至都不抱希望了。

沒想到在她即將放棄的時候，終於看見了曙光。

突然的狂喜席捲，鄭書意甚至害怕自己看錯了，一遍又一遍地默讀對方寄來的文字內容。

最後，她幾乎是顫抖著回覆了郵件。

然而她盯著電腦螢幕，欣喜之後，心裡又是一陣空蕩。

鄭書意一直覺得自己是個很有毅力的人，從上學時，無論冬夏四年如一日地堅持晨讀，到工作時，百折不撓地爭取自己的機遇。

後來遇到時宴，不管他的態度多冷淡，她也像個打不死的小強一次次製造機會。

可是現在，她卻被一種說不清道不明的無力感沉沉地壓著。

或許是來自時宴的那個眼神，或許是他拉黑好友的行為，鄭書意感覺自己現在什麼努力都做不了了。

直到天邊翻湧的晚霞被夜幕侵吞，鄭書意終於動了動滑鼠，在郵件寄件者那一欄，輸入了時宴的帳號。

她想過傳簡訊，但是和聊天帳號一樣，應該也被拉黑了。

一封幾十個字的郵件，鄭書意花了一個多小時才寫完。

按下發送鍵的那一刻，她想，終於還是把欠他的道歉說出去了。

應該是如釋重負的。

可不知道為什麼，她反而覺得心裡更悶了。

她坐著深吸了幾口氣，然後端著杯子起身。

還沒走到茶水間，剛經過轉角，就被急匆匆走過來的許雨靈撞了一下。

鄭書意腳下不穩，整個人朝一旁的桌子倒去。

桌子一角擦過她的手背，刮破了一層皮，鄭書意扶著桌子，盯著手上的刮痕。

許雨靈虛扶她一把，「妳沒事吧？」

話音剛落，許雨靈就看見鄭書意臉上豆大的淚珠突然掉了下來。

「喂，不是，妳怎麼哭了？」許雨靈驚呆了，面對四周同事投來的目光，她急得團團轉，「我只是不小心撞了妳一下而已，又不是故意的！」

鄭書意抬手擦了擦臉，眼淚卻像斷了線的珠子一般接二連三地往下掉。

「鄭書意，妳、妳、妳……」許雨靈一下子都不知道該說什麼，被鄭書意這奧斯卡般的演技驚得五體投地，「妳至於嗎？演戲也不是妳這麼演的！」

然後又驚慌失措地跟同事解釋：「我、我只是輕輕碰了她一下！」

許雨靈的話似乎沒起到什麼作用。

鄭書意反而放棄擦眼淚，蹲下來捂著臉，把頭埋在膝蓋裡，任由淚水從指縫淌到裙子上。

她就是膽小，她就是懦弱，她只想自私地保護自己。

她害怕時宴那樣的眼神帶來的剜心的感覺。

她再也不想體會一次了。

與此同時，一年一度的ＥＭ金融慈善夜在熱烈的掌聲中拉開帷幕。

逾千名從世界各地趕來的業內人士齊聚一堂，一室燈色璀璨，滿庭衣香鬢影。

推杯換盞間，人人談笑風生，時宴卻注意到餘光裡突然閃過的一個身影。

他目光定住，在眾人的話語關注點都集中在他身上時，他的視線卻隨著那個纖細的女人背影移動。

她穿著淺藍色襯衫，白色鉛筆短裙，長髮斜垂在肩旁，端著高腳杯，走到香檳塔旁，小口小口地喝著調酒。

這細微的動作被關濟看在眼裡，他隨著時宴的視線看過去，確認之後，調侃道：「怎麼，有意思啊？她是ＥＭ的操盤手Fiona，介紹你們認識認識？」

「不用了。」時宴緩緩收回目光，看著前方休息區，跟關濟說，「我過去找關叔叔。」

邁步走過去時，他卻伸手扯了扯領帶，眉頭緊蹙，腳步加快，似乎極力想離開這個地方。

關於鄭書意這個人，前幾天不曾見面時，他還能維持表面的平靜，將情緒按壓在心裡。

但是今天她突然出現在眼前，那些暗湧滾滾翻騰而來，幾乎快要將理智淹沒。

此刻，僅僅只是看見一個和她背影相似的女人，時宴心裡便湧上一股躁意。

此後的整個慈善夜，時宴心裡都像懸著一根刺，想拔掉，卻找不到下手的地方。

夜半三更，博翠雲灣。

落地窗外的夜空中燈火如豆，沿著江城大橋，綴成連綿的珠鏈。

時宴手邊放著幾支空了的酒瓶，身上有寒風都吹不散的濃重酒氣，而臉上卻還是一如既往地平靜。

頭頂兩盞吊燈在風的吹拂下輕輕晃動，盡數投射在酒杯中。

稍不注意，就容易看成一雙笑彎的眼睛。

或許是酒精上頭，時宴眼前的景象有些模糊。

他拿出手機，把鄭書意從黑名單裡放了出來。

原本的聊天記錄都還在。

他一則則往上翻，並不算多的聊天記錄，他看了一個多小時。

他似乎是在找什麼東西。

等他把簡訊、訊息欄裡的東西也全都翻出來看了一遍後，酒精氤氳的腦子裡，終於了有了清晰的認知。

他在找鄭書意是否有過真心的跡象。

哪怕只是一絲。

酒勁後催的時候，他還想過，只要有那麼一些蛛絲馬跡，他甚至可以假裝什麼都不知道。

可是滿螢幕的甜言蜜語，此刻看起來像個笑話。

時宴放下手機，抬手揮倒了桌上無辜的酒瓶子。

在成年後縝密邁出每一步的人生中，時宴甚少有這些發洩的小動作。

但現在，好像除了無端的情緒發洩，也沒有其他的排解方法。

玻璃渣四濺，清脆的響聲在空蕩的房子裡迴盪。

鄭書意又安安靜靜地躺到了時宴的黑名單中。

再抬眼時，金黃的日出已經把江城大橋裝飾得流光溢彩。

手機裡有來自國外的重要郵件提示音，時宴瞄了一眼，目光微閃。

在收件箱裡，有一封來自鄭書意的來信。

沒有基本的郵件禮儀，沒有抬頭稱謂，直接一段短短的文字：

『對不起。

我沒有什麼可辯解的，也不敢奢求你的原諒。

希望你以後的人生中，不會再遇到我這樣的人。

願你健康順遂。』

原本已經平靜的情緒容器，又被這一封郵件砸碎。

時宴把這短短幾行字看了好幾遍，突然自嘲般笑了。

那些所謂的嬌憨可愛，都是她為了達到目的的表演而已。

作為一個財經記者，這才是她的真實語氣。

甜言蜜語是套路，真正的喜歡是遮藏不住的笨拙。

時宴想，他要是早點認清這一點，也不會讓自己淪落至此。

可是即便這樣，時宴腦海裡還是浮現出她拉著他的袖子，可憐地掉眼淚的模樣。

雖然理智告訴時宴，她不可能掉眼淚。

但酒精總能在這個起到麻痹作用。

時宴又把鄭書意從黑名單裡放了出來，並且打了一行字：『所以妳有過一點真心嗎？』

盯著鄭書意的大頭照看了許久後，時宴嘆了一口氣，按下了發送鍵。

下一秒，畫面彈出一則訊息。

『你還不是他（她）的好友，請發送好友驗證請求。』

時宴二十七年的人生中。

第一次，於無人處，爆了粗口。

刪掉時宴的好友，是鄭書意在痛痛快快哭過一場做的決定。

在這件事上，時宴做得乾淨俐落，反而是她拖泥帶水了。

反正她已經被時宴討厭了，以他那樣的性格，他們之間肯定不會有任何迴旋的餘地。

而留著他的聯絡方式，除了徒增無望的期待外，對鄭書意沒有任何好處。

而且他也不會再聯絡她了，根本不會在乎是不是被刪了好友。

所以鄭書意在刪掉好友後，除了心裡一陣空落落的，反而覺得輕鬆很多。

接下來幾天她還有很多事情要做，全心全意投入後，效率猛增，在公司同事眼裡儼然成了工作狂。

有一天早上，孔楠被樓上裝潢聲吵得睡不著覺，提前半小時到了公司，想著反正上司都沒來，乾脆摸一下魚。

但是看見鄭書意居然來得比她還早，端端正正地坐在電腦前打字，孔楠莫名心虛，悄悄地放下手機。

等到正式上班的時間，孔楠還是忍不住，蹬著椅子坐到鄭書意身邊。

「妳最近怎麼了？真的把公司當家了？需不需要我搬一張床來給妳？」

鄭書意忙著寫郵件，沒工夫跟她閒聊，「我忙著呢，有事中午說。」

「我能有什麼事。」孔楠碎碎念著走了，「主要是妳這樣搞得我很有壓力。」

眼下鄭書意正在準備辦美國簽證的資料，以她以往的經驗，閒下來再抽空去弄，前前後後需要一個星期。

但這次她花了半天就全部準備好了。

面簽那天是週四，雖然已經預約了簽證官，但往往還是要忙大半天，所以鄭書意請了一個下午的假去大使館。

到大使館時，果然如她所料，密密麻麻的隊伍從大使館大廳排到了外面的巷子，光是看一眼那黑壓壓的人頭就讓人窒息了。

偏逢今天還倒春寒，氣溫陡降，鄭書意出門時忘了戴上圍巾。春寒料峭，穿堂的風不比冬天溫柔絲毫，一股股地往脖子裡灌，還夾著幾絲細雨，就像沒穿衣服一樣，鄭書意被凍得連著打了好幾個噴嚏。

「鄭書意？」

被人群中接二連三的噴嚏聲吸引了注意力，喻遊於黑壓壓的人群中終於注意到鄭書意。他穿過人群，朝她走來，「妳也來辦簽證？」

說話的同時，他遞上一張紙巾。

鄭書意鼻子很癢，自然地接過紙巾，捂著嘴巴又打了個噴嚏，才說道：「對啊，我下個月月初要去美國出差。」

她看了看喻遊，想起他之前說過的安排，又問道：「你已經要走了？」

喻遊說：「不，我辦短簽。」

「嗯？」鄭書意擦了擦鼻子，扔了紙巾，問道，「你之前不是說要去美國遊學？」

「之前是有這個計畫，但是現在的公司給了我一些選擇的空間，所以我這次只是去美國參加之前安排的學術論壇。」

喻遊低頭，說話的同時，摘下眼鏡，用紙巾慢條斯理地擦拭鏡片上的雨水。

鄭書意這才注意到他有一雙很好看的眼睛，內斂的雙眼皮不顯山露水，然而摘下鏡片後，揚起的眼尾卻帶著些天然撩人的神態。

可是看著他的眼睛，鄭書意腦海裡卻浮現出時宴的模樣。

他的眼睛更深邃，卻自內而外透著拒人於千里之外的冷漠。

又一陣風吹來，鄭書意渾身再次泛起一陣冷意。

也不知道自己以前是怎麼面對這樣一雙眼睛還能不知死活地貼上去的。

排隊一下午，面簽十分鐘。

兩人從大使館出來，天色已晚。

不知是不是折騰太久的原因，鄭書意感覺手心發燙，渾身痠軟無力。

她和喻遊一起走到停車場時，雨已經停了，但一地濕意，更顯寒冷。

「一起吃飯吧。」上車的時候，喻遊說道，「吃了飯我送妳回家。」

鄭書意點點頭，「好。」

開車的時候，喻遊連續接了好幾個工作電話，鄭書意默默坐在副駕駛座看手機，兩人沒什麼交流，氣氛卻很和諧。

等紅綠燈的途中，他手肘靠著車窗，側頭看向鄭書意。

「妳最近心情不太好？」

「嗯？」鄭書意從手機裡抬頭，拂了拂頭髮，「是有點。」

其實她和喻遊認識不久，但他比她大幾歲，身上永遠透著一股從容淡定。

更重要的是，在這座陌生城市的斗轉星移中，遇到一個同鄉的人，是什麼朋友都給不了的親切感。

所以面對他這樣不生不熟的關係，鄭書意反而更容易坦露心情。

聞言，喻遊也沒有多問什麼，「那今天我請客，妳不要跟我搶，不然心情可能更糟。」

鄭書意突然被他逗笑，連連點頭：「好的。」

喻遊直接選了一家具有青安特色的餐廳。

下車的時候他又接到一通電話，鄭書意便默默跟在他身後。

街對面，蘭臣百貨露天停車場。

司機拉開車門，秦時月拎著包走下來，隨意一張望，便看見一個熟悉的身影。

她突然停下腳步，伸長脖子瞇了瞇眼。

還真的是鄭書意。

今天是什麼日子啊？

秦時月看了百貨大樓門口擺放的巨型粉色氣球塔一眼。

今天可是情人節吶，鄭書意居然跟其他男人吃晚飯。

餐廳裡。

遞上菜單的同時，服務生說道：「今天情人節，我們餐廳推出情侶套餐，兩位可以看看第一頁的詳情哦。」

喻遊靠在椅子上，垂眼看著菜單，漫不經心地說：「小妹妹，誰告訴妳我們是情侶？」

他說話時，語氣很輕，嘴角帶著淺淺的笑，卻像撓癢癢一樣拂過耳朵。

服務生低著頭小聲說：「不好意思……」

喻遊看幾眼菜單，遞給鄭書意：「妳再看看吧。」

但是被服務員提了一嘴「情人節」，鄭書意心裡又起了漣漪。

看菜單的時候頻頻走神。

如果初四那天，時宴沒有來青安。

此刻陪她吃飯的人應該是他吧。

半分鐘後，鄭書意嘆了口氣，闔上了菜單。

「你點的就夠了。」

等上菜的間隙，喻遊摘了眼鏡，揉著眉骨，「最近妳爸媽在催妳相親嗎？」

「沒有，」鄭書意笑道，「開年比較忙，他們沒那麼閒工夫，可能過段時間又開始了。」

喻遊挑了挑眉，正要說什麼時，突然見鄭書意扭頭望著入門的地方。

「秦時月？」

鄭書意還沒回過神，下一秒，秦時月就已經走到她面前。

「妳一個人來吃飯？」

說話的同時，鄭書意下意識往她身後看。

沒有其他人。

「對啊。」秦時月垂頭，目光不經意地掃過喻遊，「妳跟朋友一起啊？」

鄭書意點點頭。

而秦時月沒再問什麼，卻也沒走，她站在那裡和鄭書意大眼瞪小眼。

鄭書意不明白她什麼意思，眨了眨眼睛。

幾秒後，喻遊朝服務生揮手：「加一副碗筷。」

鄭書意也反應過來了，立刻說道：「那一起吃吧？」

秦時月一邊拉椅子，一邊說：「那多不好意思啊。」

坐下後，她立即摸出手機，傳訊息給時宴。

秦時月：『舅舅，今天情人節耶！』

小舅舅：『？』

秦時月：『別的男人都約書意姐吃飯了，你怎麼一點行動都沒有？』

傳完後，秦時月抬頭朝喻遊禮貌地笑笑，順便不動聲色地打量他。

長得沒我舅舅帥，看起來也沒我舅舅有錢。

沒戲。

半個小時後，飯桌上，秦時月的話越來越少。

到後面上飯後例湯的時候，秦時月低垂著眼睛，握著勺子，心不在焉地攪動碗裡湯。

她收回剛剛的結論。

經過這半小時的接觸，她覺得她的舅舅很危險。

腦子裡的想法飄出去很遠，突然被手機震動拉回。

小舅舅：『所以呢？』

所以呢？還所以呢？

秦時月簡直恨鐵不成鋼。

她氣得下意識去瞄喻遊，正巧他的目光也掠過秦時月。

偷看被抓包，秦時月不由自主地慌亂，抓起勺子就往嘴裡送湯。

正在跟鄭書意說話的喻遊突然伸手，擋住秦時月的手腕。

「等一下。」

秦時月倏地抬頭，卻只見喻遊的側臉。

他這才側頭看了秦時月一眼，「小心燙。」

碗裡浮著一層黃油，下面是滾燙的雞湯。

秦時月心裡突然冒出一股緊張感。

她低下頭，眨了眨眼睛，更加心不在焉地攪動湯匙。

心想，小舅舅你完了，人家比你細心，比你體貼。

而且還比你溫柔。

鄭書意回到家裡還不到八點。

樓下的路燈已經亮起，小攤販也都出動了，雖然天氣冷，仍然熱鬧不減。

但她今天不知為什麼，感覺特別累，什麼事都不想做，收了曬在陽臺上的衣服後直接躺上床，連被子都沒蓋就直接睡著了。

大概一個多小時後，她迷迷糊糊地醒來，卻覺得渾身更加無力，並且感覺到自己在出汗。

在她掙扎著起身時，還湧起一股反胃感，蹲在垃圾桶邊乾嘔幾下，卻什麼都沒吐出來。

在地上坐了一下，鄭書意終於後知後覺，自己可能是病了。

她翻出體溫槍，測了一下。

果然，發燒了。

又下起了陰冷的小雨。

時宴的車已經在樓下停靠了近兩個小時。

他不知道自己為什麼要來。

在看到秦時月訊息的那一瞬間，他硬生生被氣笑了。

然後穿上外套，一路時速八十公里穿過大半個江城市區。

但真正到她家樓下時，他卻冷靜了下來。

衝動消退後，顯露的是更深重的煩悶。

本來他打算即刻就走，可是陽臺上忽然出現鄭書意的身影。

時宴握著方向盤的手指突然一緊，油門最終沒有踩下去。

一個多小時後，那戶的燈終於滅了。

今晚的他的獨角戲似乎就該在這裡收場。

但時宴依然沒有立刻走。

他在車裡又坐了幾分鐘才啟動了汽車。

然而，剛離開側邊停車位，他卻看見或明或暗的燈光下，鄭書意低垂著腦袋踽踽獨行。

大晚上的又跑出去幹什麼？

時宴握緊了方向盤，緊緊盯著鄭書意。

她走到路邊，一下子抬腳張望，一下子看看手機，似乎在等什麼人。

這幾分鐘的等待，於時宴而言，像是一種煎熬。

以至於他降下車窗，叫出她的名字時，聲音裡帶著一絲薄怒。

「鄭書意。」

聽到他聲音的那一刻，鄭書意以為自己出現幻覺了。

她四處看了看，車水馬龍，並沒有時宴的身影。

然後拍了拍腦袋，等車。

幾秒後，時宴的聲音再次響起。

這次鄭書意聽清楚了。

是時宴，聲音的來源是後面。

鄭書意機械地轉身，在樹蔭下，先看見了時宴的車。

然後，她有些膽怯地緩緩移動視線，去確認車裡的人。

害怕真的是出現了幻覺，又害怕真的是他。

但是看見他的臉時，鄭書意在那一瞬間，有一種恍然若夢的感覺。

明明才幾天不見，卻像隔了好幾年。

兩人的目光穿過燈光相撞，又錯開。

時宴側著頭，默了默，說道：「妳去哪裡？」

「醫院。」鄭書意很小聲地說完，又補充道，「我生病了。」

像是下意識地撒嬌，聲音裡還帶了點自己都意識不到的委屈。

夜色下，鄭書意看不清時宴的神色，卻垂著頭安靜地等著。

許久，時宴沉沉地看著她，「上車。」

一路無話。

鄭書意安分地坐在副駕駛座上，沒有看手機，也沒有看時宴。

若是以前的她，可能會直接問他，為什麼會出現在她家樓下，是不是想見她了。

可是現在，她發現自己好像沒有立場問出這句話。

不是帶著目的，還能是偶遇嗎？

思及此，鄭書意更是說不出一句話，鼻尖的酸楚貫穿著眼眶，連耳鳴聲都在那一剎那湧上來。

再心酸再難過，也是她自己把自己搞到這個境地的。

時宴把她帶到了附近最近的第二人民醫院。

下車後，一股冷風撲面襲來。

鄭書意被吹得打了個寒顫，也清醒了許多。

她朝著車裡的時宴說：「謝謝，我……先進去了。」

時宴只是看著她，沒有說話。

鄭書意抿了抿嘴角，沉默片刻後，轉身朝醫院走去。

雖然是夜裡，醫院裡依然人來人往。

短暫的問診後，鄭書意拿著醫生開的單子準備去查血液常規。

剛出了診斷室的門，她一抬頭，看見時宴站在門邊走廊靠著牆，背微躬著，臉頰背著光，看起來更瘦了。

她沒想到，時宴居然跟著她進了醫院。

像是有感應一般，時宴抬起頭，朝她看來，「醫生怎麼說？」

鄭書意再次陷入先前的情緒中，手指揪緊了診斷單，才輕聲道：「感冒，我先去抽血。」

由於是晚上，抽血窗口只有一個值班護士。

鄭書意前面排了一個哭唧唧的小女孩，護士則面無表情地做準備工作

看見護士盯著針頭時眼裡放出的精光，再聽見小孩子的哭喊聲，鄭書意心頭一緊。

要下針了，這位中年護士才說道：「小朋友不要害怕，阿姨很溫柔的，不會把妳弄疼的。」

鄭書意咽了咽口水。

這位護士姐姐妳最好說到做到。

針頭刺進小女孩的指尖，她只是嗚咽了一下，並沒有鄭書意想象中的大哭大鬧。

可是輪到她時，她看著護士綁在她手臂上的皮筋，拳頭攥緊，感覺自己的肌肉已經僵硬了。

就像那天擦破了皮就大哭一場一樣，她對痛覺是真的很敏感。

小時候每次生病，她的爸媽都囑咐醫生能不打針就不打針，否則他們會見識到兩個成年人按不住一個小女生的場面。

鄭書意咽了咽口水，「護士姐姐，我可以也扎指尖嗎？」

護士的手一抖，看著鄭書意，溫柔地說：「妳覺得呢？」

鄭書意：「……」

護士用棉花棒塗抹了酒精，卻找不到鄭書意的血管，不停地拍打她的皮膚，還一直叫她用力握拳。

鄭書意另一隻手也攥進了拳頭，放在桌上，渾身神經緊繃，半張著嘴巴，緊張地看著護士手裡的針。

當針頭的冰涼感剛剛觸及到她的皮膚時，眼前突然一黑。

一隻手從身後繞過，捂住她的眼睛。

時間彷彿在這一刻靜止了，空氣也凝滯不動。

一縷屬於時宴袖口的清香味瞬間席捲鄭書意的大腦，隨著他掌心的溫度蔓延全身。

像麻藥一樣，讓所有痛感消失。

抽血不過幾秒的功夫。

當護士的針頭拔出的那一刻，時宴的手掌也抽離了。

可他的餘溫還沒有消失。

遲緩了兩秒，鄭書意才緩緩睜開眼睛，從護士手裡接過棉花棒按住針眼。

起身的那一刻，護士瞄她一眼，笑著嘀咕道：「多大人的了，扎個針還哭鼻子。」

時宴聞言，忽地抬頭。

鄭書意在他眼前緩緩轉身，抬眼看他的時候，眼眶果然是紅的。

時宴垂在褲邊的手指突然顫了顫。

他希望，鄭書意不是因為扎針哭的。

可又能是為了什麼。

兩人走到一旁的走廊上等驗血結果。

安靜的長廊，連腳步聲都十分清晰，空蕩又清冷。

鄭書意垂著頭，在這幾分鐘的沉默中，心情已經起起伏伏好幾次。

終於，在廣播叫到鄭書意取化驗單時，時宴終於開口了，「妳剛剛哭什麼？」

鄭書意：「……」

他沒有大聲說話，每個字卻清晰地砸到鄭書意耳朵。

她的嗓子堵著，半天湧不上幾個字。

節。

「我沒哭……」她的聲音細若蚊鳴，「我只是……」

她只想在想，如果初四那天，什麼都沒發生，她現在應該和時宴在過他們的第一個情人節。

可是那些在嗓子裡潮漲又潮退的話，她沒有立場去說，最後只能變成另一種方式說出來。

「沒想到今天這個時候，我竟然在醫院。」

「是啊。」時宴掀了掀眼，淡淡地說，「不然這時候妳應該在我床上。」

第二十三章　命裡的劫

時宴的一句話，直接把鄭書意眼眶裡的淚水憋了回去，並且化作一團旺火，在體內迅速燒乾蒸發。

起初她還有些茫然，以為自己聽錯了。

可那麼簡單一句話。

她怎麼可能聽錯！

一瞬間，什麼心酸，什麼藏而不露的心思都沒了，只剩腦子裡嗡嗡的響聲。

不是，這個時候，他怎麼突然說這個？

鄭書意嘴巴闔不上，愣怔地看了一下牆面，又轉頭看了時宴一眼。

他神色淺淡，雙眼平靜地看著牆面上的宣傳畫，似乎並沒有覺得自己說的話有什麼不對，也不覺得不合時宜。

鄭書意想傷感都傷感不起來了。

她呆呆愣愣地看了他幾秒，才移開眼睛。

本就在發燒的體溫更高了，連臉上的緋紅也變得更明顯。

「你……我……」

聽她支支吾吾半天吐不出一個字，時宴側頭，一臉坦然地說：「我說的不對嗎？」

雖然他那句話是一時的氣話，但仔細想來也不無道理。

不然兩個成年男女，這個時候該幹什麼？

牽牽小手看看電影？

按照鄭書意之前那樣的套路，這樣的進展有點浪費她的行動力了。

時宴帶些諷刺的眼神看著鄭書意。

發燒的狀態下，人的腦子本來就不怎麼轉得動，偏偏鄭書意這時候還被他震得五迷三道，覺得他這句話好像也很有道理，暈暈乎乎地點了點頭。

可是那又怎樣呢，所有假設成立的條件都已經瓦解了。

「嗯，你說得對。」

時宴：「……」

然而話音一落，空氣好像輕微地震動了一下。

兩人又陷入沉默中。

這一番短小的對話，卻將那一道雙方都心知肚明卻一直埋藏著的隔閡挑出一個頭。

她話裡明明白白的承認意味，彷彿使現在的境況更顯難堪。

那一道微妙的氣氛無形地堵住了鄭書意的喉嚨，再說不出其他話來。

走廊幽深而空蕩，空氣卻很重。

鄭書意輕靠著牆壁，有些不知該如何自處。

廣播又重複一次提醒，鄭書意恍然回神，幾乎是一路小跑到窗口。

拿到化驗單後，她對著視窗調整幾下呼吸，才轉身朝時宴走去。

「我拿到化驗單了，去找醫生。」

時宴「嗯」了一聲，沒有下文，也沒有要和她一起的意思。

鄭書意一個人去了診斷室。

醫生看了化驗單一眼，一邊敲打電腦，一邊說道：「白血球高，應該是細菌感染，但是妳現在情況不嚴重，我先開藥給妳，如果明天醒來還不退燒，那可能要來醫院掛點滴，回去不要熬夜，注意休息。」

鄭書意點頭：「好。」

拿著醫生開的藥單出來時，鄭書意看到空蕩的走廊，心裡陡然一沉。

走了兩步，在大廳門外看見了時宴的背影，她的胸腔又莫名脹滿。

排隊取完藥後，鄭書意拎著小袋子走到時宴身後。

想拉一拉他的袖子，卻始終沒抬起手。

她一動也不動地站著，連地上的影子都不曾晃動。

她過來的腳步聲很輕，輕到幾秒後，時宴才感覺到身後站了一個人。

他轉身看著鄭書意安靜站立的樣子，頭微微垂著，臉上沒什麼血色。

纖細的手指拎著塑膠袋垂在腿邊，被燈光一晃，看起來就覺得很冰冷。

時宴莫名地想伸手牽住她，可是一抬眼看見她可憐兮兮的樣子，那點憐惜感被染上幾成煩躁，混沌地在心裡拉扯，直讓人無可奈何。

時宴：「啞巴了？」

鄭書意抬頭，眼神朦朧：「嗯？什麼啊？」

時宴：「走了。」

鄭書意低著頭，低低地應了一聲：「哦。」

回去的路上，時宴開得不急不緩，一路無話。

鄭書意現在很累，也很睏。

而且她和汽車這種東西天生不和，平穩行駛起來，她就容易睡著。

然而今天晚上她一點睡意都沒有，清醒到連時宴的呼吸聲都聽得一清二楚。

只是她不知道說什麼，現在的氣氛也沒有她的發揮空間，便安安靜靜地靠著車窗，看起來反而像是睡著了。

至少時宴從是這麼以為的。

從他的角度看過去，鄭書意不僅是睡著了，還睡得很香，動都不動一下。

所以當車開到社區門口時，時宴輕緩地踩了剎車，手搭在方向盤上，沒有出聲，也沒有下一步動作。

鄭書意不知道時宴為什麼不叫她一聲。

但她私心就想這麼裝睡下去。

至少可以在有他的空間裡多待一下，否則不知道下一次見面是什麼時候了。

車裡安靜到只有兩人不同頻率的呼吸聲。

路邊的小攤開始收攤，燈光一盞盞滅掉，加班晚歸的人拖著疲憊的腳步回家，身影一個個掠過車窗。

鄭書意靠著車窗，閉著眼睛，感官卻達到前所未有的敏感。

雖然她看不見，但時宴的每一個動作都在她腦海裡。

就這樣相隔半公尺坐在同一輛車裡，她已經很滿足了。

可是這樣靜默的時間也過得很快。

雖然已經過去了二十分鐘，鄭書意卻覺得只是片刻的功夫。

——如果不是時宴的手機放出語音聲音，她可能還會繼續裝下去。

語音是是關濟傳來的，時宴點開的同時，解開安全帶，鬆了鬆領結。

關濟：『問你一件事啊，你明天晚上有時間嗎？』

時宴打了兩個字：『怎麼？』

幾秒後，關濟的聲音清晰的迴盪在車裡。

『肯定是好事啊。上次那個 Fiona 你還記得吧，你不是多看了幾眼嗎？結果人家好像對你也有意思，今晚她代表他們公司有個應酬，順便就跟我問起了你，她的意思是想認識你，正好她明天休假，所以問你明天有空見個面嗎？』

時宴點開語音的時候沒有多想，直接擴音了。

然而聽到這內容，他皺了皺眉，下意識側頭看了鄭書意一眼。

她還安靜地睡著，沒有一點反應

時宴吐出一口氣，卻沒能紓解胸中的煩躁，因而也不打算回關濟。

偏偏這時候關濟直接打來了電話，不等時宴開口，他又嘮嘮叨叨地說了起來：『不是我說，像她這種有才有貌還單身的年輕女孩子真的不多了，如果不是因為我跟她的朋友談過一段時間，我真的想追她。』

時宴：「你很閒？」

『不是閒，我只是今晚喝了點酒所以話多了點。』關濟確實是喝得不少，連聲音都有些迷糊，說話的邏輯上下不接，『沒跟你開玩笑啊，你就一句話，明天願不願意出來認識認識，不願意的話我就追了啊。』

時宴轉了轉脖子，換到右手接電話，帶了幾分嘲諷地說：「剛剛不是說是你前女友的朋友嗎？道德對你的約束這麼快就沒作用了？」

『我想了想，這樣也不犯法啊。』關濟一板一眼地念出一句話，『佛說，愛欲之於人，猶如執炬逆風而行，必有燒手之患。』

聞言，時宴目光倏地凝住，閒散的眼神漸漸聚焦在擋風玻璃上。

沒察覺到時宴的沉默，關濟在電話那頭兀自笑了起來，『這點燒手之患，我覺得我還是可以承擔的。』

今晚他確實是喝多了，心情很放鬆，但也不是刻意來當這個紅娘。

他正經看上的女孩，怎麼可能真的拱手讓人，打這個電話，不過是幫 Fiona 走個流程而已，同時也是篤定了時宴不會閒到抽空理一個只有一面之緣的女孩。

閒聊了幾句後，關濟終於掛了電話。

時宴低頭看一下手機，突然感覺到一股視線黏在他身上。

他一轉頭，看見鄭書意睜大了眼睛看著他。

「醒了？」

鄭書意點點頭。

時宴隨即收回目光，扣上安全帶，並啟動了車。

他這個動作的意思很明顯，鄭書意怎麼會看不出來。

可她沒有下車，抓著安全帶，帶著幾分小心翼翼，輕聲問道：「你明天會去嗎？」

時宴的動作突然頓住，半偏著頭，看向鄭書意。

片刻後，他明白了她的意思，「妳聽見了？」

鄭書意還是點頭，「聽到了一點點。」

時宴手撐著方向盤，看著前方的路燈，笑了笑，「妳連這個都要管？」行吧。

鄭書意知道自己現在是沒有資格問這個的。

「我沒有要管你的意思，我只是問問。」

她說完，俐落地解開安全帶，然後打開車門。

一條腿剛剛跨下去時，手腕突然被時宴拉住。

「那妳希望我去嗎？」

鄭書意還保持著背對時宴的姿勢，即便手被他拉住。

她僵持了幾秒，才緩緩轉身。

她怎麼可能希望他去。

一想到時宴要去跟別的女人約會，她的燒恐怕是退不下去了。

「不，」她搖頭，「我當然不希望你去。」
然而鄭書意的答案，在時宴的意料之中，聽到了也沒有太大的驚喜。
可能是她曾經說過太多這樣的話，此刻聽起來反而有些諷刺。
時宴沒有鬆開她的手，反而更緊地攥著。
只是當他的目光落在鄭書意臉上時，被她看出了幾絲嘲諷。
「鄭書意，妳現在是以什麼身分說出這句話的？」
鄭書意：「……」
鄭書意很自覺地自我反省。
她確實沒有資格，也沒有立場去說這樣的話。
可是時宴這樣說話未免也太咄咄逼人了。
一定要這麼讓人傷心嗎。
鄭書意深呼吸了一口，拿出了最後的力氣，說道：「因為黃曆說明天不宜出行。」
時宴：「……」
鄭書意：「會有命中大劫。」
時宴：「……」
他扯了扯嘴角，驟然鬆開鄭書意的手，冷冰冰地說：「回去睡覺。」

鄭書意拿上自己的包，走了兩步，回頭憂心忡忡地看著時宴，大聲說道：「真的，你明天小心一點。」

時宴：「……」

一腳油門踩下去，時宴連轉彎燈都沒打就把車開走了。

這一晚，鄭書意理所當然地失眠了。

她在床上翻來覆去，直到窗外有了一絲亮光，才有了睡意。

第二天早上，她也理所當然地起晚了，並且感覺到渾身無力感更甚，體溫不降反升。

鄭書意在床上坐了一下，然後打電話跟公司請了個假，帶著昨天的化驗單去了醫院。

昨晚的醫生今早也值班，看見鄭書意病懨懨地來了，一點也不意外。

幫她開了藥，然後讓她去急診室等著掛點滴。

鄭書意來得早，急診室裡還沒有幾個人。

大家都是病人，沒什麼精神說話，急診室裡便格外安靜。

窗外雨聲潺潺，伴隨著消毒水的味道，讓身處的人都感覺到幾分淒涼。

特別是鄭書意。

對於一個異鄉人，獨自工作獨自生活，還要在生病的時候獨自來醫院，沒有什麼比這樣的環境更讓人感覺孤獨。

況且她還要一個人面對自己最害怕的事情。

來吊點滴的病人漸漸多了，沒多久，急診室裡便坐滿了人。

卻把鄭書意的孤獨放大。

她隨便掃了一眼，發現獨自前來的女生，好像只有她一個。

雨下得越來越大。

後面進來的人，身上都帶著一股寒氣。

鄭書意看著手機裡一則又一則的工作訊息，第一次感到力不從心。

她揉了揉眼睛，正打算關掉手機時，秦時月突然傳了個訊息過來。

秦時月：『書意姐，妳現在忙嗎？』

鄭書意：『不忙。』

秦時月：『那我跟妳打聽一件事啊。』

鄭書意：『妳說。』

秦時月：『昨天下午那個喻先生，就是妳之前說的相親對象對吧？』

鄭書意：『嗯。』

她想了想，又補充一句：『都是家裡逼著來的，我們只是普通朋友。』

秦時月：『真的？你們沒有那個意思？』

秦時月：『他對妳也沒有那個意思嗎？』

鄭書意：『當然沒有。』

鄭書意雖然沒追過人，但卻經常被男人追。

以她的經驗，喻遊這樣的男人，對一個女人有意思時，一定會主動出擊，不會浪費時間玩迂迴的遊戲。

而第一次見面時，他就說過，他現在對談戀愛一點興趣都沒有。

鄭書意對這一點深信不疑，和他聊過幾次，能感覺到他的心裡有太多的目標要實現，完全沒有空間留給男女情愛。

鄭書意：『妳突然問他幹什麼？』

秦時月：『沒幹什麼，就是問問。』

鄭書意握著手機，沉默片刻，然後帶著一絲期待，問道：『妳舅舅叫妳來問的？』

秦時月：『？』

秦時月：『關他什麼事，他才沒這麼閒咧。』
鄭書意：『哦……』
秦時月：『是我對他有興趣。』
鄭書意：『？』
鄭書意：『？？？』
秦時月：『很震驚嗎？』
秦時月：『姐姐，妳沒聞到我渾身散發的單身氣息嗎？』
鄭書意：『不是，我覺得他可能不太適合妳。』
秦時月：『？』
秦時月：『為什麼？』
鄭書意：『他目前沒有談戀愛的打算。』
秦時月：『哈哈，我秦時月最不相信的就是男人這種鬼話。』
鄭書意：『……』
秦時月：『姐姐，幫幫忙呀？』
鄭書意：『怎麼幫？』
秦時月：『妳幫忙約他出來呀，我就跟著妳。』

鄭書意：『也行，但是他比較忙，我不確定他什麼時候會有時間。』

秦時月：『沒關係，我不著急。』

秦時月：『妳就問問他今晚有沒有空好了。』

鄭書意：「……」

那還真的是一點都不著急。

鄭書意：『今天肯定不行。』

秦時月：『為什麼？』

鄭書意：『我病了。』

幾秒後，秦時月直接打了電話過來。

『妳病了？怎麼了？嚴重嗎？』

鄭書意：「沒事，就是有點發燒。」

秦時月：『看醫生了嗎？』

「嗯。」鄭書意說，「在醫院吊點滴。」

秦時月：『都吊點滴了還不嚴重啊？有沒有人陪妳啊？』

「沒事，小毛病。」鄭書意一抬頭發現自己的第一袋藥已經快滴完了，於是說道，「我要叫護士了，先掛了啊。」

『哦，好的，妳好好養病啊。』

換上第二袋點滴時，鄭書意已經很睏了。

可是她不敢睡，一個人在這裡，若是睡著了沒人幫她叫護士。

過了十幾分鐘，她實在撐不住了，燒得短路的腦子終於想到了辦法。

她預估一下這袋藥大概滴完的時間，然後設置一個鬧鐘，這才靠著椅子安心地閉眼。

很快，四周的聲音漸漸消失，她腦袋一歪，沉沉地睡了過去。

當鬧鐘響起時，她先睜開了眼睛，迷茫地發了一下呆，意識才緩緩回籠，想起自己睡前在做什麼。

於是她第一個反應是抬頭去看藥水有沒有滴完。

然而她抬眼的那一刻，卻發現時宴站在她身旁。

人滿為患的急診室裡，他穿著單薄的白襯衫，孑然站在那裡，就讓鄭書意無法忽視他的存在。

可是他的身影太真實，太具象，

以至於鄭書意以為自己看錯了，或者是還在夢裡沒醒過來。

她恍惚地看著他，他卻半弓著腰，似乎沒注意到鄭書意的眼神。

更像是做夢了。

鄭書意想觸碰他一下。

剛抬手，卻被人按了一下。

「別動啊。」一道女聲響起。

鄭書意尋聲側頭看過去，藥袋已經癟了，而護士正在彎腰幫她拔針。

她的意識在周遭窸窸窣窣的聲音和手邊的溫熱營造出的安全感中漸漸回籠，人卻依然有些迷糊。

手背上異物感抽離的那一刻，鄭書意才發現自己身上蓋著一件西裝外套。

一件帶著時宴慣用香氛的外套。

鄭書意慢慢反應過來，眼前的景象不是夢境。

直到時宴接過護士手裡的棉花棒，按住鄭書意的手臂時。

他才看了過來，輕聲道：「一個人來醫院打點滴也敢睡覺，妳的心就這麼大？」

毫無理由地，鄭書意的眼睛酸得像被醋熏過。

她突然很想哭。

半晌，她才啞著嗓子，哽咽著開口：「你怎麼來了？」

說完這句話，她已經沉浸在自己的情緒裡無法自拔，幾乎是不受控制地，帶著些委屈與抱怨，又說道：「不是叫你別出門嗎……」

時宴鬆了棉花棒，見針眼沒有出血了，才慢慢直起身，居高臨下地看著鄭書意。

可是他的雙眼卻服軟了。

「妳不就是我命裡的大劫嗎？」

第二十四章　在想你呀

鄭書意是他命裡的劫。

在時宴邁進診斷室的門，看見鄭書意安安靜靜地靠著椅子睡覺時，他就認定了這一點。

他一言不發地盯著她看了許久。

好像從一開始，他對鄭書意就在一步步地妥協。

到現在，他已經退到底線之外了。

想明白這一點，時宴忽然釋然了。

關於喜歡鄭書意這件事，他真的沒什麼好說的，只能認栽。

急診室裡人聲喧鬧，有人來，有人走，留下帶著水漬的腳印。

鄭書意垂著頭，沉默許久。

時宴的話，把鄭書意再次打入無地自容的境地。

彷彿在一遍遍地提醒她，曾經做了什麼，並且一字一字地理解之後，鄭書意能感覺到他的失望與挫敗。

他那麼驕傲的人，產生了被她玩弄的感覺，那一句「劫難」說出口時，他應該也很難受吧。

可是他既然來了。

即便他認為她是命裡的劫難，他還是來了。

在鄭書意心中那一塊屬於他的黑暗祕境裡，他的出現就是一道光。

他沒有澈底離開，斷了他們的聯繫，就還有可能。

不知道是不是病中的人更多愁善感，思及此，鄭書意在無邊的酸澀中品到了一絲甜，卻更想哭。

她抬手揉了揉眼睛，指尖已經染上了潤澤的感覺。

就在她的淚水要奪眶而出時，坐在她旁邊的一個女生突然陰陽怪氣地出聲：「嘖嘖，來醫院屠狗，這是人做的事嗎？」

「……」

淚水又驟然收了回去。

鄭書意緩緩扭頭，看向那個女生。

女生戴著鴨舌帽，飛快地打字，正在訊息上進行吐槽。

感覺到鄭書意的目光，她頓了一下，慢吞吞地轉頭，訕訕地說：「呃……我說太大聲了嗎？」

鄭書意吸了吸鼻子，目光凝滯，和鴨舌帽女生大眼瞪小眼，一時竟分不清誰更尷尬。

「啊，不好意思。」女生朝她做了個「請」的動作，並且戴上耳塞，「你們繼續，我閉嘴了。」

時宴：「……」

他伸手把鄭書意的頭掰回來，「妳走不走？」

「哦。」鄭書意低頭看見他的外套還在自己身上，依依不捨地拿了下來，伸手遞給他，「謝謝你的衣服。」

她舉著手，心裡卻在祈禱：別接，別接，讓我繼續穿著。

顯然時宴並不能聽到她的心理活動，隨手撈走了衣服，搭在臂彎便朝急診室外走去。

鄭書意：「……」

她拿了包，卻沒看見自己的手機。

也不知道是不是睡覺的時候滑落了，鄭書意彎著腰找了半天才從椅子縫裡掏出手機。

然而她剛要站起來，卻見前方的時宴停下了腳步，回頭看她，臉上有些不耐煩，「妳是打算住在這裡嗎？」

鄭書意還正坐在椅子上了，楚楚可憐地看著時宴，「我頭重腳輕的，走不動。」

這是真的，不是她在演戲。

剛剛撿起手機起身的那一瞬間，她確實感覺到一陣眩暈。

時宴似乎是笑了一下。

鄭書意不太確定自己有沒有看錯。

如果是真的在笑，那也一定是嘲諷。

他把外套穿上，三兩步走到鄭書意面前，「妳又開始了？」

「唉……」鄭書意長嘆了一口氣，抓著扶手，小心翼翼地站了起來。

但她剛剛伸直了腿，雙腳卻突然離地。

時宴將她抱了起來，一言不發地朝診斷室外走去。

後面傳來鴨舌帽女生長長的一聲，「嘖……」

鄭書意僵硬了好一陣子，緩緩抬起手，圈住他肩膀時候，見他沒有排斥的反應，才敢輕輕環住。

感覺到她的小動作，時宴突然開口道：「鄭書意。」

診斷室外的走廊人來人往，廣播聲音吵吵鬧鬧，而時宴的輕言細語，卻格外清晰。

鄭書意很輕地「嗯」了一聲。

時宴沉沉地嘆了一口氣，聲音很輕：「妳是不是就認定了我吃妳這一套？」

鄭書意心裡微震。

他說這話的語氣依然很沉重，可是雖然是問句，聽起來分明是陳述句的語氣。

所以他是在變相地、無奈地，表達他的妥協。

他就是吃這一套。

鄭書意沒有說話，卻感覺心裡那股處於弱勢的光亮好像一點點復燃。

這下她確定，人在病中是真的多愁善感。

當他說的話讓她心酸的時候，她想哭，可是現在他慢慢妥協了，重新為她鋪上了一條走向他的路時，她還是鼻酸。

好一陣子，時宴懷裡才傳來鄭書意悶悶的聲音，「你不要連名帶姓地叫我，聽起來很可怕。」

時宴露出一個沒什麼溫度的笑，然後一字一句道：「鄭書意，不要轉移話題。」

「我沒有那麼想……我哪敢，我就是比較柔弱。」

鄭書意說到後面，聲音越來越小，自己都覺得這話說得很沒有底氣。

其實她是覺得，撒嬌對時宴有用。

這種想法早就不知不覺刻進骨子裡。

然而時宴顯然不相信她的話，「嗯，妳繼續演。」

鄭書意：「我沒有演……」

不過她仔細回想了一下，和時宴認識的很長一段時間裡，她確實是在演戲。

不管是為了製造機會對他滿嘴跑火車還是為了展現自己的「女性魅力」撒嬌，抑或是為了讓他感覺到自己的「愛意」，一看見他就兩眼放光的笑。

可是到了後來，這一切好像都變成了習慣，似乎她面對時宴時，天性就是這樣的。

就連那些顯得很刻意的甜言蜜語，都變得自然流露。

鄭書意不知道這一切的轉變是什麼時候開始的，也不知道，那些還算不算演戲。

她甚至都不知道，自己是什麼時候把虛情變成了真意。

也不知道，是什麼時候喜歡上時宴的。

於是，她慢慢把頭埋在時宴胸前，小聲說道：「其實我也不是全都在騙你的。」

時宴原本抱著她一步步地朝醫院外走去，聽見她這句話，手臂突然收緊了些。

臉上卻不動聲色。

甚至只是很冷漠地「哦」了一聲。

哦？

就這？

「哦是什麼意思？」鄭書意猛然抬起頭。

時宴沒理她，腳步走得越來越快。

鄭書意開始張牙舞爪：「你到底是信不信，給個話呀，哦是什麼意思？」

時宴看都沒看鄭書意一眼。

「你說話呀！」鄭書意開始著急，伸手勾住時宴的脖子，試圖吸引他的注意力，「你到底是什麼意思？」

時宴突然停下腳步，低下頭的那一瞬間，兩張臉之間只有分毫的距離。

他的眼睛在走廊得燈光下映得特別亮，漆黑的瞳孔裡全是鄭書意的影子。

鄭書意突然屏住了呼吸。

鼻尖上，只有時宴的氣息緩緩拂過。

她看見時宴很淺地笑了一下。

「看妳表現的意思。」

時宴的一句話，讓鄭書意有些暈乎乎的。

不同於病中的眩暈感。

像是溺水許久，被人撈起來後，一口氣吸入太多氧氣，她現在覺得自己有點飄。

一路上，她滿腦子都想著怎麼「表現」，一句話也沒說。

她已經沒辦法像以前那樣不管不顧，橫衝直撞地去強撩時宴。

那時候她一心想著報復岳星洲和秦樂之，根本不在乎時宴怎麼想她，怎麼回應她。

可是現在她都在乎了。

鄭書意翻來覆去想得投入，以至於時宴看了她好幾眼，她都沒發現。

直到車到了她家樓下，她才忍不住說道：「我不知道怎麼表現，要不然你幫我畫一下重點吧。」

時宴薄唇抿成一條直線，並不想回答她的問題。

鄭書意湊近了點，拉了拉他的袖子，「不然你讓我裸考呀？」

「裸考？」時宴曲著食指，抵著下唇，眼神卻由上至下打量著鄭書意，「妳想怎麼裸考？嗯？」

鄭書意：「……」

這人最近怎麼滿腦子黃色廢料。

「不說算了。」她拿著包急匆匆地打開車門，「開什麼黃腔，我又不是那個意思。」

下車的時候，時宴還聽見她很小聲地嘀咕了一句「真是下流」。

時宴覺得自己可能有點受虐狂。

聽見她嗔罵，他竟然覺得有點想笑。

鄭書意走了幾步，突然聽見時宴叫她。

「書意。」

她愣了一下。

是「書意」沒錯，不是「鄭書意」。

「怎麼了？」鄭書意嘴角掛著壓不下去的弧度，轉身看著他。

時宴從副駕駛座撈起她的手機。

哦，手機忘了拿了。

鄭書意小跑跑過去，伸了手探進車窗，剛觸碰到手機，時宴卻一把收了回去。

鄭書意愣著，「怎麼了？」

時宴手臂撐著車座，捏著她的手機，漫不經心地晃了兩下，「妳是不是忘了什麼？」

鄭書意更茫然：「我忘了什麼？」

時宴：「妳想一下。」

鄭書意很認真地想了一下，然後半個腦袋探進車窗，「忘了跟你說謝謝你送我回家？」

時宴抿了抿嘴角，別開臉，將手機還給她。

鄭書意接過手機，捧在手裡時，一個遙遠的畫面突然毫無預兆地閃過她腦海。

好像是很久很久以前，也是這樣極冷的一天。

傾盆大雨像是要巔峰這個城市，她捧著手機站在華納莊園門口，很有骨氣地拒絕了要送她回家的時宴。

而當時，他也是這副模樣，冷著眉眼盯著她看。

然而那一天，凜冬將至，風裡帶著刺骨的寒意。

今天，雖然風依然刺骨，但即將春回大地，萬物復甦。

「妳在發什麼呆？」時宴見她沒動，問道。

鄭書意又開始感性了。

難得在他面前露出沉靜的模樣，垂著眼睛，輕聲說：「沒什麼，我只是想起了我們第一次見面，我竟然拒絕你送我回家，我感覺像是錯過了一個億。」

時宴深深地看著她。

好一陣子，鄭書意以為他又要開啟嘲諷模式時，卻聽見他說：「誰告訴妳那是我們第一次見面？」

「嗯？」鄭書意一動不動地盯著時宴，努力回想，「那是……很久很久之前嗎？」

她眼眸轉動，自言自語般說：「該不會是我大學的時候吧？不會更早了吧，我上大學才來江城的。」

時宴朝她抬了抬手背。

鄭書意回神：「幹什麼？」

「回去。」時宴搖起車窗，一副趕人的表情。

鄭書意扒著車窗追問：「你告訴我呀，我想不起來了。」

聽到那句「想不起來了」，讓時宴覺得自己在這個時候提這件事就像個笑話。

他一根根掰開鄭書意的手指。

「想不起來就別想了。」

雖然時宴好像不太想繼續這個話題了，但鄭書意卻帶著這個問題，一路回到家裡，坐在床邊想了很久。

如果她曾經見過時宴的話，她想，一定會記憶深刻的。

可是時宴不願意跟她說，她也沒那個能力撬開他的嘴巴。

鄭書意倒到床上，盯著天花板，三瓣的水晶燈照射出明亮的光柱，細小的塵埃在裡面跳舞。

她看著看著，嘴角突然彎了彎，然後翻身起來，輕快地走進了廚房。

鄭書意廚房裡器材雖然齊全，但她很少自己做飯，冰箱裡只有速食品，儲物櫃裡的米袋還未開封。

不知道為什麼，從醫院回來後，鄭書意感覺自己的病好像突然好了。

體溫不知道在什麼時候降下來的，身體也變得輕盈，連一碗什麼調味料都沒有加的白粥也吃得津津有味。

飯後，鄭書意在客廳走動了一下，甚至覺得自己已經可以去上個班。

可是……

她坐在沙發上伸了伸腿，第一次產生了倦怠的想法。

就想在家裡躺一下，放空一下大腦，好像才不辜負今天的雨後清新空氣。

快五點時，秦時月傳來訊息：『妳好點了嗎？』

鄭書意翻了個身，翹著腿回秦時月的訊息。

鄭書意：『我好了。』

鄭書意：『今天謝謝妳啊。』

秦時月：『啊？』

秦時月：『謝我什麼？』

鄭書意：『沒什麼，就是謝謝妳的關心。』

秦時月：『妳也太客氣了吧，那妳現在在幹什麼呢？』

鄭書意：『沒幹什麼，休息一下。』

秦時月：『那妳什麼時候幫我呀？』

鄭書意突然想起她說的那件事，立刻去好友列表找喻遊。

手指往下一滑的時候，她腦子裡突然閃過一件事，整個人僵住。

噢，幾天前，她以為她跟時宴這輩子都不會有交集了，所以把他刪了。

那他今天在車上提醒的事情，就是這個吧？

不，肯定不是。

他要主動傳訊息給她才會發現被刪了。

而且他要是真的發現了，怎麼會這麼心平氣和地跟她提起這件事。

鄭書意一邊安慰自己，一邊心虛地咬了咬指尖。

鄭書意：『妳先把妳小舅舅的帳號給我。』

秦時月：『？？？』

秦時月：『妳不是有嗎？』

鄭書意：『哦，手滑誤刪了。』

秦時月：『姐，我不是三歲小孩子了，不會相信這種話（微笑）。』

秦時月：『妳是喝了多少才會誤刪這個人啊。』

鄭書意：『別問。』

秦時月聽話地沒有多問，乖乖把時宴的聯絡資訊傳了過來。

由於單方面刪除好友，不需要重新申請驗證，鄭書意點擊「添加到通訊錄」後，時宴又回到了她了的好友列表。

除了沒有了聊天記錄以外，一切看起來跟之前沒有區別。

看著空白的螢幕，鄭書意覺得抓心撓肝般的不舒服。

思量許久後，鄭書意小心翼翼地戳了一個梗圖過去。

鄭書意：『（發呆.gif）。』

她沒想到，時宴回得很快。

是他一如既往的冷漠風格。

時宴：『很閒？』

鄭書意：『……』

鄭書意：『沒有閒著，我在很認真地思考一件事，想問你。』

時宴：『說。』

她捧著手機，像個情竇初開的初中女生一樣，嘴角彎著淺淺的弧度，一個字一個字地敲。

鄭書意：『你的理想型女朋友是什麼樣的呀？』

她並不是認真的在問這個問題。

鄭書意知道，他是有一些喜歡自己的。

可是等待回覆的時候，還是有些期待。

過了好幾分鐘，對面才有了動靜。

時宴：『安靜的。』
鄭書意：「……」
時宴：『正經的。』
鄭書意：「……」
時宴：『嚴肅的。』
鄭書意：「……」
幾秒後，鄭書意面無表情地打字。
鄭書意：『《財經週刊》高級記者鄭書意，性格安靜，職業正經，文筆嚴肅。』
鄭書意：『我覺得你的理想型就是我。』
時宴：『是嗎？』
鄭書意沒明白他這突然的陰陽怪氣是什麼意思。
緊接著，時宴就傳來了截圖。
鄭書意沒有的聊天記錄，他有。
第一張，是鄭書意連續傳了五個梗圖的截圖。
第二張截圖裡。
鄭書意：『莫文蔚的〈陰天〉，周傑倫的〈晴天〉還有孫燕姿的〈雨天〉，都不如你和我聊天。』

第三張截圖裡。

鄭書意：『你喜歡喝水嗎？』

時宴：『還行。』

鄭書意：『那你已經喜歡上百分之七十的我啦。』

第四張截圖裡。

鄭書意：『你會拉小提琴嗎？』

時宴：『不會。』

鄭書意：『那你怎麼撥動了我的心弦的？』

時宴：『……』

第五張圖裡。

鄭書意：『天啊，剛剛好像地震了，你感覺到了嗎？』

時宴：『？』

鄭書意：『噢，原來不是地震，是我想到你的時候心在跳動。』

時宴：『閉嘴。』

第六張截圖裡。

鄭書意：『我發現你這個人呀，快接近完美了，就只有一個缺點。』

時宴：『？』

鄭書意：『缺點我。』

時宴：『鄭書意，去醫院看看腦子。』

看見這些一張張傳過來的截圖，鄭書意快要不能呼吸了。

天靈蓋已經發麻到像有成千上萬只螞蟻在爬，腳趾在地上快摳出一套三室二廳。

近一個月沒怎麼聯絡，和時宴一度分崩離析，她陷入極端的沉重情緒中，都快忘了之前的相處模式。

她、她以前，是、是……這麼說話的？

網路土味情話害人不淺！

鄭書意：『住手！』

鄭書意：『你別傳了！』

可惜時宴只當沒看見她的話，一張張截圖源源不斷傳過來。

這些內容都不用他刻意去找，隨手一翻就是。

直到又是十幾張截圖傳了過來。

鄭書意實在受不了了。

鄭書意：『TD！！！！』

時宴終於停了。

時宴：『嗯？』

鄭書意：『你再傳下去，明天就會看到一個年輕美女墜樓身亡的新聞。』

時宴：『不看看妳是怎麼安靜、正經又嚴肅的嗎？』

鄭書意：「……」

她倒在沙發上，把臉埋進枕頭裡，不想再看手機一眼。

這個天聊不下去了。

許久沒等到鄭書意的回覆，時宴知道她被逗得縮了起來。

他笑了笑，明明很忙，卻傳了無聊的幾個字過去：『妳在幹什麼？』

剛傳出去，陳盛便走進辦公室，跟時宴指了指外面。

時宴隨即放下手機，朝會議室走去。

銘豫雲創的用戶在近期激增，原本的資料中心已經不能承載業務的告訴增長，但自主擴建IDC需要很高的建設及運維成本。

經各管理層商議，一致認為在這個時期最優的解決方案是與專業公司合作，直接搭建起目前最先進的雲端服務平臺。

銘豫雲創的案子自然是大餅，各金融解決方案公司爭先競爭。

這週，角逐到最後的三家公司分別進行方案演示。

到今天，最後一家公司派來的代表已經就位。

會議室裡。

U形桌上依次擺放著列印出來的演示檔，投影幕上已經出現視覺化概念展示畫面，岳星洲站在電腦前，正在做最後的調試。

他的手有些發抖。

「鴻哥，」岳星洲掃視了會議室裡的銘豫工作人員一眼，說道，「我、我等一下講不好……」

「自信點！」

被稱作「鴻哥」的人是岳星洲的上司，拍了拍他的肩膀，說道：「這個案子你是主心骨，準備了這麼久，怎麼可能講不好，你別太緊張，雖然是銘豫雲創，你就當我們以前合作的公司，放平心態就好。」

岳星洲能放平心態才怪。

當初主動要擠進這個案子，還有秦樂之的原因在裡面，他摩拳擦掌，準備在「小舅舅」

面前展現展現實力。

可誰能想到，事情會變成這樣。

當初自己竭力爭取的案子，現在只想當個逃兵。

不等到岳星洲再說什麼，會議室的門突然打開。

岳星洲下意識轉頭看過去，時宴信步而來，身後幾個正裝男女魚貫而入。

會議室裡突然安靜下來。

岳星洲感覺四周的空氣都朝他擠了過來。

然而時宴目不斜視，走向U形桌的最前端，坐下來時，視線掃過岳星洲，甚至沒有一刻停留。

彷彿從來沒有見過這個人一般。

這原本是岳星洲所能期待的最好的場面。

可不知道為什麼，他反而感覺到一股被踩到塵埃裡的蔑視感。

自從時宴進來後，原本在會議室裡布置的員工都退了出去，接下來便是岳星洲的主場。

時宴靠著椅背，專注地看著投影幕前的人。

即便是正常情況下，他這樣的目光都很懾人，更何況岳星洲心裡還有鬼。

不到二十分鐘，他額角涔涔汗珠已經在燈下泛著光。

而原本已經熟爛於心的內容，卻在不停地結巴、出錯。

連一旁負責管理影音設備的小男生都忍不住皺眉。

至於其他人，則是紛紛扭頭去看時宴的反應。

而他似乎沒有他們想像中的生氣。

他只是平靜地看著岳星洲，思緒飄到了其他地方。

——也就是俗話說的走神。

大家還是第一次見到時宴在這種場合走神。

一時間不知道是岳星洲的幸運還是不幸。

幾分鐘後。

在岳星洲第三次說錯資料時，下方突然傳來一道鋼筆被擱到桌上的聲音。

聲音很輕，但在座所有人的臉色皆是一變。

岳星洲像一隻驚弓之鳥，突然就說不出話，緊張地看著時宴。

在他的注視下，時宴闔上面前的資料，直接起身朝外走去。

此時此景，他沒有留下一句話。

其他人也默契地紛紛起身，像來時一般，跟著他離開會議室。

就連椅子被推開的聲音都被地毯吞沒，會議室裡安靜得像按下了靜音鍵。

岳星洲眼睜睜地看著銘豫雲創的人一個個井然有序地走出會議室。

他們什麼都沒說，也沒有露出任何失望的表情。

但這種無形的羞辱，比當面指責他還要讓他難受千百倍。

時宴回到辦公室，臉上的情緒才稍有展露。

他站在落地窗前，一時不知道該笑還是生氣。

今天岳星洲在上面頻頻出錯時，他卻想到了自己和鄭書意第一次見面的場景。

時宴羞於承認，卻又不得不承認，他竟然曾經對這樣的男人產生過嫉妒的情緒。

他不記得那一天具體的時期。

原本只是平凡的一天。

江城會展中心正在舉行第四屆財經新聞獎頒獎典禮，承辦方之一是他朋友新成立的資本公司。

那天時宴正好有空，一時興起，尋了個不顯眼的角落坐了下來。

掌聲拉開頒獎典禮的帷幕，聚光燈下，主持人的聲音端莊清亮，念出了最佳年度人物特寫獎項獲得者的名字。

一篇〈朱興國的貨幣戰爭〉以其精準擊中市場痛點，讓「鄭書意」這三個字飛速又頻繁地出現在同行的耳裡。

但凡看過這篇文章的人，都會對其犀利又不失溫度的筆鋒印象深刻。

時宴也不例外，所以當主持人念出名字時，他下意識抬頭。

鄭書意起身的那一刻，四個機位的快門聲起此彼伏，你追我趕，爭相抓拍這位新興人物。

而時宴自己都不曾注意到，他的目光一直跟隨著鄭書意走到臺上。

她有幾分緊張，卻不失端莊，有條有理地說完自己的獲獎感言。

和她的文章一樣，寥寥幾句感言，穿插著行業實事，邏輯清晰，卻又引人入勝。

讓臺下的人忍俊不禁。

時宴好暇以整地鬆了鬆領口的溫莎結，在她鞠躬的時候，看見她濃密的睫毛搧了搧。

他的眸光在同一時刻閃動。

頒獎典禮結束後，接二連三有人上來寒暄，時宴走不開，餘光裡卻看見鄭書意也被擁簇在另一邊。

等他終於脫身，突然想起什麼，環顧大廳，卻只在大門處看見那抹倩影。

門就要關上，時宴沒有多想，立刻邁步追了出去。

然而走出大門的那一刻，他卻看見鄭書意親昵地挽著一個男人的手臂，笑著朝停車場走去。

他腳步不停，甚至連表情都沒有一點波動，心裡卻浸出一絲絲難以名狀的酸味。

經過那兩人身邊時，他聽見女人嬌滴滴地說：「我當然想你呀，你不想我嗎？哦，那我也不想你了。」

時宴輕笑了一聲。

表面端莊，實際做作，浮誇。

也不過如此。

時宴懶得再回憶過去，他坐到辦公桌後，撈起手機，打開訊息，看見鄭書意二十多分鐘前回了他訊息，是一則語音。

他問她在幹什麼。

而她回了一句：『在想你呀。』

聽完這則語音，時宴倏地把手機扔回桌上。

窗外薄暮冥冥，室內暖風徐徐。

他卻感覺臉上一陣火辣辣地疼。

——《錯擦》未完待續——

高寶書版集團
gobooks.com.tw

YH 095
錯撩（中）
作　　者　翹搖
責任編輯　吳培禎
封面設計　Ancy Pi
內頁排版　賴姵均
企　　劃　鍾惠鈞

發 行 人　朱凱蕾
出　　版　英屬維京群島商高寶國際有限公司台灣分公司
　　　　　Global Group Holdings, Ltd.
地　　址　台北市內湖區洲子街88號3樓
網　　址　gobooks.com.tw
電　　話　(02) 27992788
電　　郵　readers@gobooks.com.tw（讀者服務部）
傳　　真　出版部(02) 27990909　行銷部 (02) 27993088
郵政劃撥　19394552
戶　　名　英屬維京群島商高寶國際有限公司台灣分公司
發　　行　英屬維京群島商高寶國際有限公司台灣分公司
初　　版　2022年7月

本著作物《錯撩》，作者：翹搖，由北京晉江原創網絡科技有限公司授權出版。

國家圖書館出版品預行編目(CIP)資料

錯撩/翹搖著. -- 初版. -- 臺北市：英屬維京群島商高寶國際有限公司臺灣分公司, 2022.07
冊；　公分. --

ISBN 978-986-506-476-1(上冊：平裝). --
ISBN 978-986-506-477-8(中冊：平裝). --
ISBN 978-986-506-478-5(下冊：平裝). --
ISBN 978-986-506-479-2(全套：平裝)

857.7　　111010454